優しき悪霊（あくりょう）

溝猫長屋（どぶねこながや） 祠之怪（ほこらのかい）

輪渡颯介

講談社

目次

再びお多恵ちゃんの祠(ほこら) 五
二つ目の死体と二人目の名 五九
三つ目の死体と三人目の名 一〇一
優しき幽霊 一五一

優しき悪霊(あくりょう)

溝猫(どぶねこ)長屋　祠(ほこら)之怪

装　画／おとないちあき
装　幀／鈴木久美

再びお多恵ちゃんの祠(ほこら)

一

夏の朝は……眠い。

いや、もちろん朝早く起きるのはいつの季節でも辛い。まだ寒さの残る春はずっと夜具に包まってぬくぬくしていたいし、涼しくなる秋もやはり夜具から出るのは嫌だし、寒さ真っただ中の冬に至っては、もう自分は人間じゃなく夜具になって一生を過ごした方が幸せなんじゃないかと思えてくる。とにかく、一年を通して朝は必ず眠い。

だが忠次は、とりわけ夏の朝はやたらと眠たく感じた。眠りが足りない気がするのだ。

それは決して気のせいではない。暑くて寝苦しい上に、蚊がうるさいせいだ。蚊帳は吊っているが、どこかに破れ目があるようで、そこから入ってしまうらしい。もっとも蚊というやつは酔っ払いが好きなのか、ほとんどは父親の寅八が引き受けてくれるので助かっている。しかし中にはふらふらと忠次の方に寄ってくるやつもいて、顔のすぐ横で耳障りな羽音を立てる。それで目が覚めてしまうのである。

起きてしまったから仕方がない、ついでに小便にでも行くかと、むっとしながら腰高障子(こしだかしょうじ)を開けて表へ出ると、さっき寝たばかりと思っていたのにもう東の方が白んでいる。夏は夜が短いのだ。お蔭でこの時期の朝は、いつにも増して頭がぼんやりしている。

「……それに、蟬(せみ)だよ、蟬。ちょっと明るくなったらもう鳴き始めやがる」

忠次は長屋の壁にとまって大きな声を出している蟬に向かって拳(こぶし)を振り上げた。今朝も厠(かわや)から戻った後で再びの眠りに落ちたら、部屋のすぐ外で鳴き出したのだ。

「もうね、あまりにもうるさくて飛び起きたよ」

「へえ。おいらはまったく気にせずに眠れるけど」

同じ長屋の、狭い路地を挟んだすぐ斜め前の部屋に住んでいる銀太(ぎんた)が言った。この少年は寝小便をして冷たくなった布団でも寝続ける根性の持ち主なので、蟬の鳴き声ごときでは動じないらしい。

「蟬がうるさいのは諦(あきら)めるしかないよ。ここら辺はさ」

忠次の気配を察して逃げていく蟬を見送りながら銀太は笑った。

二人が住んでいるのは麻布(あざぶ)の宮下町(みやしたちょう)だが、この辺りの土地は大名の下屋敷や寺社が多く、あちこちに木々がある。すぐそばを流れる古川(ふるかわ)沿いにも茂っている。狸(たぬき)や狐(きつね)だっているような場所なのだ。蟬がたくさんいるのは当たり前である。

「……だけど、どんなに蟬がうるさくても平気なくらい眠いのに、それでも無理やり起こされるんだから殺生だよなぁ」

銀太が顔から笑みを消し、苦々しそうに舌打ちをした。それから力なく首を振り、長屋の奥の方へ向かって狭い路地を歩き始めた。

その背中を見ながら、忠次は、はあ、と一つ大きく溜息（ためいき）を吐（つ）いた。そうなのだ。どんなに眠り続けたくても、この長屋に住んでいる男の子の中で最も年上にあたる者は、必ず夜明けとともに起こされてしまう。そうして長屋の奥にある祠（ほこら）にお参りさせられる。そういう決まりなのである。

「いや、おいらは早起きすることの方については、文句などないんだけどさ……」

忠次はそう呟（つぶや）きながら、先に行った銀太を追いかけた。

二人は今年で十二歳になった。早い者なら職人になるための修業を始めたり、商家に奉公に入るなどしたりして家を出ている年だ。自分たちだっていずれそう遠くないうちにこの長屋を離れ、他人の飯を食うようになるだろうと忠次は考えている。早起きには慣れておかねばなるまい。だから明け六つ前に起こされるのは我慢しよう。蝉や蚊がうるさいのだって辛抱する。しかし……。

「あの祠にお参りすると、幽霊が分かるようになっちゃうってのがなぁ……」

そこだけはどうにかならないものかね、と愚痴（ぐち）を漏らしつつ、忠次は路地を抜けた。長屋の奥の、井戸や厠、掃（は）き溜（だ）めや物干し場がある少し広くなっている場所に出る。この長屋を根城にしているたくさんの猫たち、そして一匹だけいる野良（のら）犬の姿があった。

忠次や銀太と同じく十二歳で、長屋の表店（おもてだな）の方に住んでいる新七（しんしち）と留吉（とめきち）がすでに来ているのも見えた。長屋の大家の吉兵衛もいる。その三人が立っている向こう側、長屋の一番奥の板塀際の一角に、目指す祠がちんまりと鎮座していた。忠次、銀太、新七、留吉の四人の子供たちは吉兵衛とともに、ここへ毎朝お参りしているのだ。

この祠、実は神様が祀られているわけではない。これは忠次たちが住んでいるこの通称「溝猫長屋」にかつて住んでいた、お多恵ちゃんという女の子を慰霊するために作られた代物なのである。

聞くところによると、お多恵ちゃんという子は突然この長屋に刀を振り回して飛び込んできた侍によって斬り殺されたらしい。気の毒な話である。しかも狙われたのは別の子供で、お多恵ちゃんはその子を庇う形で斬られたという。大変に勇気のある立派な行いだと感服する。だから忠次は、この長屋に住む子供たちが毎朝早起きして、お多恵ちゃんの魂を慰めるために手を合わせることに対しては、眠いことを除けば不満はない。

だが、どうしても文句を言いたくなることが一つだけあった。先ほど呟いた、「その祠にお参りすると幽霊が分かるようになってしまう」という点である。まったくもってわけが分からない。事情を知っている大人たちは、きっとお多恵ちゃんはこの長屋に住む男の子の精神を鍛えようとしてそういう力を与えているのだろうと話しているが、えらく迷惑な話である。

しかもどういうわけか、「幽霊の姿が見える人」、「声や音が聞こえる人」、「臭いを感じる人」の三つに分かれてやって来る。たとえば忠次が怪しい声を聞くと、留吉が妙な臭いを嗅ぎ、そして新七が幽霊の姿を目の当たりにしてしまう、といった具合だ。次に違う幽霊に遭った時は感じ方が替わり、前に「見る」だった人は「聞く」に、「聞く」だった者は「嗅ぐ」になるなど、代わり番こに力が授かる。

これについて大人たちは、鍛えると言ってもまだ子供だから、お多恵ちゃんもさすがに気を遣っているのだろうと話している。確かに小出しにしてくれた方が多少は怖さも薄まるので助かると言えなくもない。しかし、実は少し不便なのである。相手が何か訴えようとして口を動かしても見えている者には何も聞こえず、幽霊の姿が目に入っていない別の者の耳に届くからだ。ちょっと対応に困る。それに嗅ぐ順番に当たった人は特に怖い目に遭うこともなく、ただ臭いだけで終わるというのも、一人だけ地味な嫌がらせを受けているようで辛い。

それでもまだ忠次たちは春の終わりに一度、立て続けに幽霊に出遭っただけで、二度目の波がやって来ないまま夏の盛りになった。このまま何事もなく続けばいいけど……と忠次は考えている。

「……うむ。ようやく揃ったようだ。お前たち二人はいつも遅いな」

忠次と銀太がやって来たのを見た吉兵衛がむっとした様子で口を開いた。

「おはようございます。本当に大家さんのおっしゃる通りです。申しわけありません」

銀太がまったく悪びれた色も見せずに近づいていく。忠次はその後ろから、肩を竦めながら「おはようございます」と小さな声で挨拶した。こちらは精いっぱい反省の色を見せたつもりだったが、吉兵衛にじろりと怖い顔で睨まれた。毎朝のことだから仕方がない。

すでに祠の前に置かれた小皿の水が新しいものに汲み替えられていた。どうせ辺りをうろうろしている犬や猫に舐められてしまうのだが、こうするのも毎朝の決まりである。周りに目を移すと、祠の近くは軽く掃き清められているようだった。どちらも先に来た新七と留吉がしたことだろう。この二人は忠次や銀太と違って早起きで、はるかに真面目なのだ。表店の提灯屋の倅である新七は、店の前の掃除も毎朝しているらしい。たいしたものだ。

——おいらももっと早く起きて、祠の周りを綺麗にした方がいいかもな。

呑気な顔で祠の前に立ち、「それじゃ手を合わせましょうか」と吉兵衛に告げている銀太を横目で見ながら、忠次はそう思った。祠の主であるお多恵ちゃんの機嫌を損ねたらまずいと考えたのだった。

忠次たち四人がこの祠にお参りし始めたのは春からだが、早々に、そして立て続けに幽霊に遭った。一度目はまず忠次が「見る」、留吉が「聞く」、新七が「嗅ぐ」だった。二度目は留吉が「見る」、新七が「聞く」、忠次が「嗅ぐ」になった。そして三度目に幽霊に遭った時は、新七が「見る」、忠次が「聞く」、留吉が「嗅ぐ」に変わった。常に銀太が仲間外れになり、この少年にだけ何も起こらなかった。

これはどういうことだろうと皆が首を傾げていた時、四度目がやって来た。驚いたことに忠次や新七、留吉には何も起こらず、銀太一人が幽霊を一手に引き受けてくれた。自分には何も起こらないようだと油断していたせいもあり、銀太は随分と肝を潰したらしい。

なぜ銀太だけそんな目に遭ったのだろうか、と皆はまた首を傾げた。そうして頭を捻り、一応の結論らしきものが出た。実は銀太は、小さい頃に「お多恵ちゃんの祠」に向かって小便を引っかけたことがあったのだ。それで罰が当たったのに違いない、ということで皆は納得したのである。

――つまり、お多恵ちゃんを怒らせたらまずいってことだよな。

吉兵衛や他の子供たちが手を合わせたのを見て、忠次も慌てて拝んだ。

お多恵ちゃんは長屋の子供たちの守り神ってことになっているから、怒ったところで命にかかわるような酷いことにはならないだろうが、それでもちゃんとした方がいいに決まっている。そう考えながら、深く首を垂れた。

「……お、今年はまだ一人も欠けずにお参りを続けてるな」

一同が手を合わせるのをやめて顔を上げると、突然後ろから声がかけられた。一斉に振り返ると、この辺りを縄張りとしている目明しの弥之助が、眠そうな顔で立っていた。祠の事情をよく知っている大人の一人だ。

「そろそろ逃げ出すやつが出る頃だと思っていたが。感心、感心」

「褒めるようなことじゃないよ」

苦々しい顔で吉兵衛が返事をする。

いつもの年だと、祠にお参りすると幽霊に遭うようになると分かったら、子供たちは長屋から逃げることを考えるようになる。そして実際に親元を離れ、どこかの商家へ奉公に行ったり、職人の元で修業を始めたりする。長屋から離れてお参りをしなくなると幽霊に遭わなくなるからだ。案外とそれも、長屋の子供たちの守り神であるお多恵ちゃんの狙いの一つかもしれなかった。

しかし今年になって祠にお参りし始めた四人の子供たちは、まだその気配を見せていない。それが吉兵衛には不満なようだ。

「家業の提灯屋を継ぐことになっている新七や、同じく家で商売をしている留吉はともかく、忠次と銀太はそろそろ先々のことを考えなければいけないよ。二人とも職人の子だからね。修業を始めるなら早い方がいいに決まっているんだ。どうだね、そろそろそんな話が出ているんじゃないのかね」

「はあ……」

吉兵衛に突然訊(たず)ねられ、忠次はどう返答していいものか迷った。実は、確かにそういう話はぼちぼちと出始めていた。父親の寅八は桶職人だが、世話になっている店の親方が、忠次の修業先について口を利いてくれることになっているそうなのだ。顔が広いので、その気になればすぐにでもどこかの親方の元へと押し込むことができるらしい。ただ忠次の場合、兄の酉太郎(とりたろう)がすでに他所(よそ)の店で修業をしているので、忠次も寅八も、別に急ぐことはないとのんびり構えているだけのことである。もちろん忠次が「修業を始めたい」と言えば、明日にでも長屋を離れることはできる。

――だけど、おいらだけさっさと出ていくってのはな……。

忠次は横目で銀太の顔を見た。

正直に言うと幽霊は恐ろしい。そんなものに遭う羽目になるくらいなら、早く長屋を離れて修業を始めた方がいいのではないかと思うこともある。しかし新七や留吉はまだしばらくここにいるつもりのようだし、さらに銀太まで残っているとなったら、自分一人だけが尻尾を巻いて逃げ出したような感じになってしまう。これは格好が悪い。子供にだって張るだけの見栄はあるのだ。

銀太は、はたしてどうするのだろう、と様子を窺っていると、この少年は吉兵衛へ向けて、にっこりと微笑んだ。

「おいらは頭の出来が良くないから、まだ手習へ通えって言われてるんだ。だから、もうしばらくは長屋にいるかな」

屈託がないというか、本当に何も考えていないような満面の笑みだった。吉兵衛はますます苦虫を嚙み潰したような表情になって忠次へと顔を向けた。

「……おいらも……まだ……」

忠次は悩みつつ、消え入りそうな声で返事をした。幽霊への恐怖より、子供のつまらない見栄の方が勝った。

「……ううむ。それならそれでいいが、しかしだね、お前たち。あんまり悠長に構えていると、気づいたら何もできない大人になっていた、なんてことになりかねん。そうなった時に困るのはお前たちなんだよ。それが分かっているのかね。ほら、にやにやしていないで、ちゃんと聞きなさい。銀太や忠次だけじゃなく、新七や留吉もだ」

どうやら吉兵衛お得意の説教が始まったようだ。自分が言われているわけではないのに、野良犬の野良太郎(のらたろう)がびくびくした様子でこちらを窺い始めた。しかし猫たちはどこ吹く風で、それぞれ適当な場所に寝そべってあくびなどをしている。

「……儂(わし)はね、お前たちのためを思って言っているんだよ。年を取れば分かるが、時というのはあっという間に過ぎていってしまうものなんだ。特に子供である時期は短い。だが、読み書きにしろ手に職を付けるにしろ、物事を身に着けるには子供の時が一番なんだよ。大人では考えられないくらい素早く、あらゆることを覚えていくからね。だからお前たちにとっては今が一番大事な時期なんだ。油断なく過ごしてほしい。そうしないと、それこそ……この弥之助のような碌(ろく)でなしになってしまうよ」

　子供たちが大家から説教を食らうのを尻目に、のんびりと祠に手を合わせていた弥之助が、「えっ、俺？」という顔で吉兵衛を見た。さすがの親分もここで自分にとばっちりが来るとは夢にも思っていなかったようだ。

「いや、大家さん。昔はともかく、今の俺はちゃんと家業もありますし……」

「煙草(たばこ)屋の方はほとんど若い衆に任せて、お前はこうしてふらふらしているじゃないか。しかも何か事が起これば、店も閉めてしまうし」

「それは、お上から仰(おお)せつかった御用の筋で……」

　弥之助の店で働いている者たちは、目明しの仕事の際に使う下っ引きでもあるのだ。

「いいかね、弥之助。そもそも岡っ引きという役目自体が、碌でなしのやるものなんだよ。世間の鼻つまみ者だ。儂はね、この子たちにはお前のようにはなってもらいたくないんだ。思い返してみると、お前は子供の頃から悪戯者だったな」

実は弥之助は子供の頃、この長屋に住んでいた。随分と吉兵衛には迷惑をかけたそうだ。だからもう三十代も半ばになり、「泣く子も黙る弥之助親分」と世間から恐れられている今も、吉兵衛には頭が上がらないらしい。

吉兵衛の叱言の矛先が弥之助の方へ向いてくれたので、忠次たちは少しほっとして肩の力を抜いた。助かった。親分さん、どうぞこのまま大家さんの説教を食らい続けてくださいと祈りながら見守る。

「そう言えば弥之助、お前は耕研堂でもだいぶ騒いで師匠を困らせたようじゃな」

耕研堂というのは忠次たち四人や、その弟妹たちが通っている手習所だ。昔からあるので、弥之助も子供の時分はそこで手習を教わっていたそうだ。以前は一階を女の子たちが、二階を男の子たちが使っていたらしいが、今では反対になっている。弥之助が上で暴れて床板を踏み抜き、一階の天井板まで突き破ったためだという。

「あ、思い出したぞ。おい忠次。それに銀太」

吉兵衛が子供たちの方へ向き直った。まずい、と思いながら忠次は首を竦めた。

「昨日、お前たちは耕研堂の一階の床板を踏み抜いたそうじゃないか。まったく何をやっているんだ。それじゃ弥之助と一緒だよ。天井を見上げれば弥之助が突き破った跡があり、床を見下ろせばお前たちが開けた穴がある。まったく、うちの長屋の人間のせいで耕研堂が壊れてしまうよ」

「いや、それは……床板が腐っていたみたいで……」

銀太が言い訳し、横で忠次がうんうんと頷いた。これは嘘ではない。建てられてから三十年は経っていて、しかも毎日のように多くの子供たちが通ってきている建物だから、あちこちが傷んでいるのである。

「黙りなさい。いきなり腐ったわけじゃないだろう。妙な音がするとか板がたわむなどして、前から危ないと気づいていたはずだ。それならその場所を避けるとか、そっと歩くとかすればいいではないか。だいたいだな、お前たちは長屋の中でも、いつもどたどたと歩いている。表まで聞こえてくるよ。いいかね、家の中は静かに歩かないといけない。ここの長屋の建物だって耕研堂と変わらないくらい古いからね。うちまで壊されたら敵わないよ。まずお前たちは、日頃の歩き方から改めないと駄目だ」

吉兵衛は着物の裾を持ち上げ、こうやって歩くのだと自ら手本を示し始めた。

忠次は、他の三人の子供たちと顔を見合わせた。みんな苦笑いを浮かべている。弥之助を見ると、こちらはもう諦めたという感じで、特にこれといった表情もなく、ぼんやりと吉兵衛を見守っていた。

忠次はそのまま目を上へと向けた。もう空はすっかり明るくなっており、青空が広がっている。暑い夏の一日の始まりだ。その初っ端に、どうして年寄りの筋張った脛を見なきゃならないんだ、と忠次はうんざりした気分になりながら吉兵衛へと目を戻した。

二

「……そうか、夜明けから大家さんの叱言を聞かされたのか。それでは私まで何か言うのはやめておくか。昨日も叱ったことだしな」

耕研堂の雇われ師匠、古宮蓮十郎が幾らかほっとしたような口調で告げた。この男は多くの悪戯小僧を相手にしているわりに、吉兵衛と違って説教をするのは苦手なのだ。

蓮十郎は、年は三十代の半ばで、弥之助親分と同じくらい。いかにも尾羽打ち枯らしたという風情の痩せた浪人で、貫禄というものは持ち合わせていない男である。子供に手習を教えるのだけはうまいのがせめてもの救いという感じの人間だ。

耕研堂は元々、別のもっと年のいった師匠が夫婦で営んでいたのだが、体を悪くしたために新たな者を雇った。それが蓮十郎だ。一階で忠次たち男の子を教えている。二階の女の子たちは、そのまま元の師匠の妻が受け持っていた。

「お前たちが踏み抜いた所は、昨日のうちに大工を呼んで直してもらった。しかし通る時には気を付けるようにな」

忠次は部屋の隅を見た。床の、忠次と銀太が破った所に真新しい板が張られていた。部屋を見回せば他にも大工が手を入れたらしい箇所が幾つか目に入る。ついでに直したようだ。

「これでしばらくは安心でございますね」

胸を撫で下ろしながら忠次が言うと、蓮十郎は難しい顔をして首を振った。

「いや、それが少々困ったことになってな。昨日はとりあえず手直ししただけなんだよ。来てもらった大工の棟梁（とうりょう）が言うには、床板はもちろんだが、それを支えている根太（ねだ）がかなり傷んでいるらしいんだ。一度床板をすべて剝がして、根太を新しいものに替えた方がいいと言われてしまった。しかしそうすると手間がかかるから、一日やそこらでは終わらないそうなんだ」

「ははあ。それだとその間は、手習は無しになるということでしょうか」

忠次は目を輝かしながら口を挟んだ。

「いや、そういうわけにはいかん。だから、その間は別の場所に移ることになるな」

「はあ……」

忠次はがっくりと肩を落とす。その横で、今度は新七が口を開いた。

「しかし、それは難しいのではありませんか。近隣の子供たちが集まっているわけだから、そう遠くへと移すことはできません。それに二階の女の子たちも含めて、通っている子供は結構な数になります。この近くで、それだけの大きな空き家を探さねばなりません。しかも、大工さんを入れて手直しするのは数日で終わるでしょう。そのわずかな間だけのために貸してくれるような場所が、果たして都合よく見つかるでしょうか」

「うむ。さすがに新七は、いいところに気がつくな」

蓮十郎が感心したように言った。

新七は、忠次たち四人の中では群を抜いて頭の出来が良いのである。それに口調もどこか大人びている。落ち着きもある。もしかしたらこいつは、中身は爺（じい）さんが入っているのではないかと忠次は密かに思っていた。

「新七の言うように、ちょうどよい場所を探すのは大変なことだ。そうそう見つかるはずがない……と、私も困っていたんだが、実は都合よく見つかってしまったんだよ」

「はあ……それはどこでしょうか」

　忠次は首を傾げた。生まれてからずっと溝猫長屋に住んでいて、この辺りのことはよく知っているが、思い当るような建物はまったく浮かばなかった。

「ここの裏の方にある、仏具屋の丸亀屋（まるがめや）だ。今までは通りを入った横道の突き当たりの、随分と不便な場所にあったが、すぐそばの表通りに新たに店を建てたんだよ」

「ああ、そう言えば」

　ちょうど新しい店へと移ったばかりだった。それは知っている。しかし、まさか元の店の方を借りられるなんて思いもしなかった。何しろ場所こそ目立たないが、そこはかなり大きな造りなのである。敷地も広い。蔵も二つ三つあった気がする。それなのにそこを離れて新しく店を造ってしまうなんて、仏具屋ってのは儲（もう）かるんだな、と感心した覚えがある。

「丸亀屋では今、元の店から新しい店へといろいろ物を移している最中だそうだ。元の方はもうほとんど空になっているらしい。その後は貸し店にするそうだが、まだ相手が決まっているわけじゃないし、それに丸亀屋の娘が前にこの耕研堂に通っていたから、その時の縁で貸してくれることになったんだ」

「へえ」

忠次はにんまりした。丸亀屋のような大店なんて、外から眺めるだけでただの一度も足を踏み入れたことがない。これは楽しみだ。

「……いや、まだはっきりと決まったわけではないんだが」

忠次の顔色を見て心配になったらしく、蓮十郎が慌てて言葉を継いだ。

「今日、手習が終わってみんな帰った後で、丸亀屋の店主がここに顔を出すことになっている。そこで改めて頼んで、それから店主の案内で私が元の店の方を見せてもらいに行く。一応そういう手はずを踏まないとな。もうほとんど平気だと思うが、喜ぶのは移る日時など何もかもが決まってからにして、今は手習の方をしっかりやるように。ええと、寅三郎、書いたものを見せに来なさい」

蓮十郎は忠次の二つ下の弟を自分の机の前に呼び寄せた。どうやらこれで話は終わりらしい。

忠次、銀太、新七、留吉の、耕研堂にいる年長の四人の子供たちは、蓮十郎が朱墨を用いて寅三郎の字の手直しを始めたのを横目で確かめてから顔を寄せ、声を潜めてお喋りを始めた。

「……丸亀屋だってさ。凄いよ、あそこは。ここら辺で一番の大店なんじゃないかな」

忠次が言うと、新七が大きく頷いた。

「仏具屋ってのは、いかに周りのお寺さんとの付き合いをうまくするかにかかっているからな。その点、丸亀屋は何代にもわたってこの辺りで商売をしているそうだし、旦那さんとか番頭さんとかみんな愛想がいいって聞くし、きっとすごく儲かっているんだろう」

「それに、一人娘のお千加さんも美人だしね」

留吉が告げた。「えっ、そうなの」と他の三人は慌てて留吉の顔を見た。

「上の姉ちゃんがお千加さんと同い年で、友達なんだよ。二人ともこの耕研堂に通っていたってのもあって、仲が良かったみたいだ」

留吉は兄弟姉妹が多い。上に兄が二人と姉が二人、下に弟が三人、妹が二人いる。留吉自身はわりと大人しいというか、それほど目立つ人間ではないのだが、兄弟姉妹の友達があちこちにいるので案外と顔が広いという、なかなか侮れない子供なのである。

「大きな店の娘さんで、しかも美人だからか、どこへ行くにも女中さんが一緒に付いて歩いているんだってさ」

「なるほど、本物の箱入り娘ってわけか。お紺ちゃんと違って」

銀太が呟いた。ここで名前が出てきたお紺というのは、四人と少し前に知り合いになった、菊田屋という質屋の一人娘である。なかなか可愛い顔をした十六歳の娘だが、性根があまりよろしくない。当人は自分のことを「箱入り娘だ」と言っているが、実は「箱から勝手に出ていってふらふらする困った娘」で、親を悩ませているのだ。

「お千加さんって人は本当に親から大事にされていて、滅多に表に出ないから、それでおいらたちは知らないんだな」

「いや、銀ちゃんも見たことあるはずだよ。うちの長屋にも遊びに来たことがあるから。おいらの姉ちゃんと、お多恵ちゃんの祠の所で人形遊びかなんかをしてたみたいだけど、やっぱり女中さんが付いてきててさ。ちょっと離れたところからしっかり見張っているんだ」

「ううん、まったく覚えていないや。留ちゃんの上の姉ちゃんと同い年ってことは、今年で十九か。おいらたちと七つも離れているから、その時にもしお千加さんが十二歳だったら、おいらたちはまだ五つだ。さすがに頭の中に残ってないな。留ちゃんは覚えているのかい」

「いや、おいらもうちの長屋にお千加さんが来た時のことは覚えてないよ。でも、その後に何度か顔を合わせたことがある。本当に美人だよ。それにすごく優しいんだ。甘いお菓子とかをくれてさ」

「へえ。やっぱり本物は違うな」

忠次、銀太、新七の三人は声をそろえて感心した。お紺と比べての言葉である。

「……ところでさ、みんなに相談があるんだけど、今日、手習が終わったら、耕研堂が移るかもしれない元の丸亀屋さんへ行ってみないか」

忠次は他の三人の顔を見回した。新七が首を傾ける。

「どうしてだい。行ったところでお千加さんはいないよ。もう新しい店の方に住んでいるだろうから」

「分かってるよ。別にお千加さんを見に行くわけじゃないんだ。新しい店がもう開いているんだから、多分、元の店の中はほとんどすっからかんだと思うんだよね。でもまだ少しは片付けが残っていて、人がいるかもしれない。そこで、『自分たちは耕研堂の手習子(てならいこ)で、ここに移るかもしれないので様子を見に来た』とその人に言えば、うまくすると中に入れるんじゃないかな」

「入れたとして、それでどうするんだい。忠ちゃんが言ったように、中は空だよ」

「うん、でもおいらたちが足を踏み入れたことがないような大店だろ。とにかく広いと思うんだよね。おいら、そういう場所で一度やってみたかったんだよ」

「何を」

「……かくれんぼ」

「はあ？」

忠次を除く三人が一斉に言った。思わず大きな声になってしまったので蓮十郎からじろりと睨まれる。すでに寅三郎は自分の机に戻り、別の子が蓮十郎の前に呼ばれていた。

四人はすぐに姿勢を正して筆を動かし始めた。しばらくの間、蓮十郎はちらちらと忠次たちを気にしていたが、やがて目の前にいる手習子の方へと顔を向け続けるようになった。それを確かめてから、また四人は顔を寄せ合った。

「かくれんぼって……忠ちゃん、お前、子供か」

「子供だよ。そして新ちゃんも、たまに爺さんっぽいけどまだ子供だ。もちろん銀ちゃんや留ちゃんも。だからさ……やってみたくないか、丸亀屋でかくれんぼ」

「そりゃしたいさ」

新七、銀太、留吉の三人が声をそろえた。さすがに今度は、蓮十郎に聞こえない程度には声を抑えている。

「……だけど、おいらと忠ちゃんはともかく、新ちゃんと留ちゃんは来られるの？」

銀太が二人の顔を見た。留吉は弟妹が多くてその面倒を見なければならないし、新七は家業の手伝いがあるので何かと忙しいのである。

「俺のところは平気だ。今日は何も頼まれていないから。だけど、留ちゃんの方は難しいんじゃないか」

新七が言うと、留吉が残念そうに頷いた。

「そうなんだけどさ。でも、おいらも丸亀屋でかくれんぼしてみたいな。うちの長屋だと、もう隠れられるような場所は分かっちゃっているから、面白くないし」

「丸亀屋の中に入れるか、まだ分からないんだしさ。とにかく手習が終わったらすぐに、留ちゃんも一緒に行ってみようよ。それでうまく中に入れたら、さっと隠れてぱっと見つけて、それで終わりにする。お師匠さんたちが来る前に退散しなきゃ叱られるからね」

「ううん、そうか……それならさほど遅くなることなく家に戻れるかな」

どうやら腹は決まったらしい。よし、これで小さい頃からずっとやってみたいと思っていた大きな家でのかくれんぼができるぞ、と忠次は微笑んだ。

三

元の丸亀屋の店は、通りを入った横道の突き当たり、しかも町屋の一番端(はし)という、随分と目立たない場所にあった。すぐ裏は雑木林だ。夏の盛りの今は木々が葉を茂らせていて、その向こう側を見通すことはできない。しかしこの町に子供の頃からずっと住んでいる忠次はもちろんその先にあるものを知っている。お寺だ。この丸亀屋の建物は、お寺と隣り合って建っているのだ。

――こんな所にあるなんて、ちょっと気味が悪いよな。

そう忠次は感じたが、それはきっと子供だから思うことで、仏具屋という商売にはむしろ適しているのだろう。

もうすでに表通りの方にある新しい店に移ってしまっているので、この古い方の店は、表戸がしっかりと閉じられていた。

その表戸からつながるように板塀が延びており、ぐるりと店を取り囲んでいる。どこからか入れないかな、と忠次が板塀の角まで行ってひょいと覗くと、少し先に木戸があって、ほんのわずか開いていた。思った通り、片付けに来た店の者が中にいるようだ。

「ここから入れそうだよ」

まだ表戸のそばでうろうろしている新七や留吉、それに板塀の反対側の角の向こうを見に行った銀太を呼ぶ。三人はすぐにやって来た。

人が通れるくらいまで木戸を開ける。しかし子供たちはすぐに中へは入らなかった。その前にやらなければならないことがある。

忠次は思いっきり鼻から息を吸い込んだ。並んで立っている新七や、後ろに立っている留吉、銀太も同じことをする。四人は何度か鼻で大きく息をしてから、互いに顔を見合わせた。

「……おいらは何も感じないけど、新ちゃんはどう？」

「平気だと思う。留ちゃんは？」

「ごく当たり前の臭いだね。じゃあ、入ろうか」

「おいらにも訊いてくれよ。特に変な臭いはしないけどさ」

これは四人がどこかに入る際に必ずする、儀式のようなものだ。幽霊が出る場所じゃないか探っているのである。

「それでは、おいらから入るよ」

忠次が木戸をくぐって丸亀屋の敷地へと足を踏み入れた。念のため鼻を動かしながら奥へと進む。

木戸から入ったところは店の脇だ。建物に沿ってぐるりと裏側へと回り込む。すると、ちょっとした庭のような場所に出た。その先に板塀はなく、そのまま雑木林へと続いている。

「凄いな」

後ろで新七が呟いた。忠次は振り向かずに、ただ「うん」と頷いた。

表側から眺めた時より、実際に足を踏み入れた今の方が、この丸亀屋は広く感じた。忠次たちがいるのとは反対側の方の裏庭の一角に、三棟の蔵が建っている。その横に、店とは別棟になっている一軒の二階家があるのも見えた。わずか数日とはいえ、こんな場所を子供の手習所に使うなんてもったいないと、自分もその子供の一人であるにもかかわらず忠次は思った。

感心しながら見回していると、三つの蔵のうちの一つの戸が半分ほど開いていることに気づいた。丸亀屋の店の者が片付けに来ているに違いない。

見つかる前にこちらから声をかけないと怪しまれてしまう。忠次は裏庭を横切り始めた。他の三人が後に続く。

ちょうど裏庭の中程まで来た時、唐突に背後で「あれ？」と声がした。忠次はびくりと身を震わせ、慌てて振り返った。声を上げたのは銀太だ。

「ちょっと、驚かさないでよ、銀ちゃん」

苦笑いを浮かべつつ忠次は声をかけた。しかし銀太は忠次の方を見ず、真剣な表情で雑木林の方へ顔を向けながら、しきりに鼻を動かしていた。

「なんか……臭くないかな」

「ええっ？」

忠次は、そして新七や留吉も鼻を動かし始めた。四人は横一列に並んで雑木林の方を向き、懸命に臭いを嗅いだ。

「……雑木林の葉っぱとかの匂いしかしないけど。留ちゃんはどう？」

「おいらもだよ。それと青臭い草の香りだな。銀ちゃん、いったいどんな臭いを嗅いだの？」

「何かが腐ったような嫌な臭いがした気がしたんだけど……ごめん、今は何も感じないや」

ううん、と忠次は唸った。

「春においらたちが幽霊に遭った時は、三度続けて銀ちゃんにだけ何事も起こらなくて、四度目にそれら全部を一人で引き受けちゃったんだよね。もしまた始まるとしたら、また初めの順番に戻るんじゃないかと思ってたんだけど」

「それじゃまたおいらだけ仲間外れになるのかい。やだよ、そんなの」

「違うのかな。もし初めに戻るとしたら、臭いを嗅ぐのは新ちゃんということになるんだけど」

忠次は新七の顔を窺った。新七は必死な形相で鼻を動かし、懸命に息を吸っている。忠次は息を殺して新七の返答を待った。

しばらくすると、新七は力なく首を振った。

「葉っぱとか草の匂いしか感じないよ。前の時とは順番が変わったのかな」

ううん、と今度は全員が唸った。

考えられることは二つある。新七の言うように、順序の入れ替わりが起こったというのが一つ。そしてもう一つは、銀太の勘違いということだ。恐らく、というか間違いなく……。

「……銀ちゃん、頼むからびっくりさせるのはやめてよ」

銀太の勘違いで決まりだ。

「何だよ、せっかく嫌な臭いが嗅げたと思って喜んだのに」

銀太はがっくりと肩を落として呟いた。その言い方が、本当に心底がっかりしたという様子に聞こえ、忠次は思わず吹き出してしまった。新七と留吉も声を出して笑っている。嫌な臭いを嗅げないことを残念がっているのが妙におかしかった。

「こらっ、お前たち、そこで何をしてるっ」

突然、怒り声が辺りに響いた。子供たちは一斉に笑うのをやめ、恐る恐る声のした方を見た。

蔵の戸口に一人の男が立っていて、おっかない顔でこちらを睨んでいた。年は三十手前くらい。丸亀屋の手代といったところだろう。

しまった、こちらから声をかける前に見つかってしまった、と忠次は首を竦めた。

「……お前たち、まさか泥棒に入ったんじゃないだろうな」

「いえ、違います。おいらたちは決して怪しい者ではなくて……」

しどろもどろになりつつ、必死で言い訳をしようと試みる。しかし途中で、「嘘を吐けっ」と言葉を止められてしまった。男は怖い顔のままゆっくりと近づいてきた。

「さすがに泥棒ではなさそうだが……しかし見ていたらお前たちは、雑木林に向かって鼻を動かしながら、臭いの臭くないのと唸っていた。勝手に他所様の敷地に入り込んでそんなことをするやつがいたとしたら、それは間違いなく怪しい者だ」

「はあ……」

確かにそうだ。返す言葉がない。

「本当なら番屋に突き出してやるところだが、まだ子供だし、それに幸いここには今、盗むような物は何も置かれていない。だから、それは勘弁してやる」

男は四人の目の前まで来た。そうして一人一人の顔を順番に睨みつけながら言葉を続けた。

「俺は丸亀屋の手代をしている者だ。うちの店は付き合いが広いからな、仕事柄、人の顔を覚えるのは得意なんだよ。お前たちの顔はしっかりと覚えたぞ。いいか、もしまたここへ忍び込むようなことがあったら、躊躇(ちゅうちょ)なく番屋へ突き出してやる。分かったら今すぐに踵(きびす)を返して、ここから……」

そこで手代は「うん？」と言って言葉を止めた。目を凝らすようにして留吉の顔をじろじろと眺める。

「お前はどこかで会ったことがあるな。ええと、確か……うちのお嬢さんが稽古事で帰りが遅くなって、女中は付いているが念のためにと、俺が迎えに行かされた時だ。一緒に習い事をしている娘さんをついでに家まで送っていったら、中からその娘さんの兄弟姉妹がわらわらと出てきたことがあった。随分と子沢山な一家だと感心したが、お前、その子供たちの中にいなかったか。油屋だったと思うが」

「凄い。人の顔を覚えるのは得意だってのは本当なんだ。四年くらい前のことなのに」

留吉が感心したような声で言った。

「似たような顔をした子供が次々と出てきたからな。びっくりしたせいで特によく覚えているんだよ。それで、うちのお嬢さんのお友達の弟が、どうしてこんな悪さをしているんだい」

「いえ、悪戯をしようと忍び込んだんじゃなくて、手習所がこちらに移るかもしれないんで見に来たんです」

また途中で言葉を止められてはまずいと思ったのか、留吉はやたら早口で一気に言った。そのためにすぐには言葉の内容が頭に入らなかったようで、手代はしばらくぼうっとした顔で留吉の顔を眺めていた。

しかし、やがて「おう」と言って手を打った。

「耕研堂か。うん、旦那様から聞いているよ。この後、そこの手習師匠を連れてこちらに顔を出すことになっている。それもあって俺は今、ここへ来ているんだ。表の戸を開けたり、家の中をざっと掃いたりしておかなけりゃならないからな。しかし、子供まで見に来るとは聞いていないが」

手代はまた怖い顔に戻って、四人をじろじろと眺め回した。

「お前たち、隠し事をしていないか。本当は何か、別の目的があって来たんじゃないのかい」

忠次たちは仲間たちの顔を見た。この手代は随分と勘の鋭い人のようだ。ここは正直に告げるしかない。

他の三人が頷いたので、忠次は手代の方を向き直った。

「ええと、実は……かくれんぼをしようと思って」

「ああ?」

「おいら、小さい頃から大きな家でかくれんぼをしてみたいなって、ずっと思っていたんです。そうしたら今度、短い間だけど耕研堂がここに移ることになって。それで様子を見に行って、もし中に入れるようなら、みんなでかくれんぼをしようって、そう思って来たんです。ごめんなさい」

忠次は頭を下げた。しばらくそのままの姿勢でいてから、恐る恐る顔を上げて上目遣いに手代の顔を見上げた。

手代は何とも言えない表情で忠次を見下ろしていたが、やがて頰(ほお)がぴくぴくと動いたかと思うと、突然大きな声で笑い始めた。

「……いや、すまん。適当に鎌をかけたら、かくれんぼだなんて答えが返ってきたから」

　笑いが収まりかけたところで手代はそう言い、またおかしさが戻ってきたらしく再び笑い出した。

「……はあ、はあ。うん、そうか、かくれんぼか。まあ、分からないでもないよ。俺も子供の頃は、大きい家で思いっきりかくれんぼをしてみたいと思ったもんだ。しかし、ここでそんなことを告げられるとは思わなかった。なんて正直な子供だ」

　決して褒められているわけではないだろう。しかし何と返事していいか分からなかったので、忠次は「ありがとうございます」と礼を言ってまた頭を下げた。

「うむ。怒鳴(どな)ったり、いろいろと疑うようなことを言ったりしてすまなかったな。お詫びとして……してもいいぞ、かくれんぼ」

「へ？」

　忠次は驚いて顔を上げた。手代は最初に見せたのとは打って変わった、とても優しげな表情に変わっていた。

「……本当に？」

「こっちの雑木林は裏の寺の土地で、色々とうるさいから中に入られると困る。それから、そっちの二階家は旦那様やお内儀(かみ)さん、お嬢さん、それから店の女中たちが寝起きしていた家でね。こちらもまだ片付けが済んでいないから入っては駄目だ。もちろん蔵もな。しかし、もう空っぽになっている店の建物の方でかくれんぼをする分には構わないよ。存分にやってくれ。ああ、穴蔵は危ないから入らないように。それから、どうせ手習のお師匠さんには内緒で来ているんだろう。旦那様と一緒にいらっしゃったのが見えたら俺が教えてやるから、そうしたら見つからないように抜け出すんだぞ」

「はあ、本当にありがとうございます」

忠次はまた頭を下げた。三度目になるが、今回が一番深々と下げたかもしれない。何しろ夢にまで見た、大きな家でのかくれんぼが始められるのだから。

言い出しっぺの忠次が最初の鬼になった。

まず表側の、店の土間から探し始めた。帳場に上がり、脇にあった戸を開けてみる。

そこは納戸だった。窓がないので薄暗い。しかし何も物が置かれていないので、一目で誰もいないと分かった。すぐに戸を閉め、帳場の次の部屋へと向かう。

そこからは襖(ふすま)が開け放たれており、部屋が幾つか続いているのが見えた。銀太も新七も、留吉の姿もないが、丸亀屋の手代がいて、畳を掃いていた。

手代はちらりと忠次の方を見たが、すぐに顔を戻した。もしかしたら仲間がどこに隠れているか知っているのかもしれないが、それを教える気はないようだ。

もちろん忠次だって手代の手を借りるなんてことをするつもりはない。脇を抜けて、さらに先へと向かう。

一番奥はまた土間になっていた。台所のようだ。土間へ下りる手前に、二階へ行くための梯子(はしご)

段（だん）がある。

忠次は二階へと上がった。下と同じように部屋が幾つかあったが、やはりすべての襖が開け放たれており、向こうの端まで見通せた。窓の障子戸も開いているので明るい。誰もいないことは一目瞭然だ。もしいるとしたら、襖の陰に潜んでいる場合だけである。

忠次は早足で端まで歩いた。もちろん襖の陰を確かめたが、誰もいなかった。裏庭に面している側にある廊下を通って、梯子段の場所まで戻る。これでざっと一通り、この建物の中を歩いたことになる。

おかしい。いくら広いといっても物がまったく置かれていないのだ。隠れる場所などそうそうあるはずがない。それなのに一人も見つけることができなかった。

まだ見落としている所があるのだろうか、と首を傾げながら梯子段を下り、忠次は一階へと戻った。

もう一度やり直すために、表側の店の土間へと引き返す。そこで忠次は、草履（ぞうり）がひとつないことに気づき、にやりとした。

一気に一階を走り抜け、反対側の台所へ行く。土間に下り、そこから縁の下を覗いた。思った通りだ。そこに一人、潜り込んでいる者がいた。

「銀ちゃん、めっけ」

「ちっ」

銀太が舌打ちしながら這（は）い出してきた。

「おいらが次の鬼か。仕方ないな。あっという間に見つけてやるから、忠ちゃんはさっさと残りの二人を見つけてくれよ」

「それがさ、どこにもいないんだよね。不思議なことに」

忠次がそう告げて首を振った時、一階のどこか遠くの方で何かが落ちる音がした。小さかったが、「痛っ」という声も聞こえた。

忠次はすぐに声のした方へ向かった。帳場へ入ると、汗みずくになった留吉が納戸から出てくるところだった。

「留ちゃん、めっけ。もしかして、納戸の中にいたのかい。さっき覗いたはずなんだけど」

「戸口の鴨居(かもい)の上に足をかけて、ずっと乗っていたんだ。腰を曲げて、体半分を天井に貼りつけるようにしてさ。忠ちゃんが覗いた時、実はすぐ頭の上にいたんだよ」

お前は忍びの者か……と忠次は呆れた。留吉は案外と身軽らしい。

「でもさ、汗で滑って落ちちゃったんだよね。この中、すごく暑くて」

夏の盛りに窓のない納戸に籠っていたら暑くて当然だろう。どうやら詰めが甘かったようだ。

お主もまだまだ修行が足りないようじゃのう、と思いながら忠次は辺りを見回す。残りは新七だけだ。しかし隠れているような場所が思い当たらない。

弱ったな、と軽く溜息を吐いた時、今度は二階の方から「うわっ」という声が聞こえてきた。

さっきの留吉の声よりかなり大きかった。新七のようだ。急いで梯子段の方へ向かう。

忠次と留吉が梯子段までたどり着いた時には、もう新七は一階に下りていて、座り込んで肩で息をしていた。

「どうしたの?」

「臭いだ。俺は二階にずっといて、忠ちゃんが来た時はうまいこと廊下と部屋を行き来してやり過ごしていたんだよ。それで、そのまま二階に留まっていたら……鼻の曲がるような嫌な臭いが漂ってきたんだ」

「ふええ」

情けない声を出しながら、忠次は梯子段の下から二階を見上げた。さっき裏庭で銀太が嫌な臭いを嗅いだと言い出した時は、それは思い違いだとあっさり受け流すことができた。しかし今度はそういう訳にはいかない。銀太はうっかり者だが、新七はしっかり者なのだ。

「……また始まったのかな」

「分からないけど、嫌な臭いを嗅いだのは間違いないんだよ。何もない部屋でそんな臭いがするのはおかしいから、多分……」

忠次は頭を抱えた。春と同じ順番なら、自分は「見る」ことになってしまう。

「これでかくれんぼはお終(しま)いにして、ここから出た方がいいかもしれないね。もう三人とも見つけたんだからさ……あれ、そういえば銀ちゃんは?」

この辺りにいたはずなんだけど、と忠次はきょろきょろする。

「銀ちゃんなら二階だよ」上を見ながら新七が答えた。「嫌な臭いを嗅いだと俺が告げたら、気のせいに違いないと言って確かめに行った」

「銀ちゃんが行っても無駄じゃないかな。もしお化けが出たのだとしたら、臭いは多分、新ちゃんにしか感じないだろうし」

忠次が言うと、上からどたどたと足音が聞こえて、梯子段の上から銀太の顔が覗いた。

「それなら、新ちゃんがもう一度、確かめに来てよ」

銀太が不満そうな顔で告げる。やはり臭いを感じなかったようだ。

「嫌だよ、もう嗅ぎたくない」

「そんなこと言わないでさ。もしお化けがいたとしても、新ちゃんは臭いだけなんだから構わないだろう。ちゃんと確かめた方がいいよ。もしこのまま帰ったら真相が分からなくて、留ちゃんと忠ちゃんがしばらくの間びくびく暮らすことになっちゃうしね」

珍しく銀太の言うことに一理ある。忠次は新七に向けて手を合わせた。

「ねえ新ちゃん。悪いんだけど、臭かった場所へもう一度だけ行ってみてくれないかな。おいらたちはここで、逃げ腰で待ってるから」

「ううん、仕方ないなあ」

嫌々といった風ではあるが、新七が腰を上げた。重い足取りで梯子段を上っていく。その後ろ姿を見送りながら、忠次はいつでも駆け出せるような姿勢を取った。

横にいる留吉は、忠次よりは落ち着いている様子だ。もし幽霊が出るとしたら、自分は「聞く」順番になるはずだと考えているに違いない。「見る」よりはるかにましだから、そういう態度を取っていられるのだろう。ここで順番が替わったら面白いんだけどな、と忠次は意地悪なことを考えつつ、二階の様子を窺った。

思っていたよりも新七が戻るのは遅かった。ようやく梯子段の上に姿を見せると、「おかしいな」と呟きながら、首を傾げて下りてきた。

「さっき臭いがした場所へ行ったんだけど、何も感じなかったんだ」

「だから、気のせいだったんだよ」

銀太が満面の笑みを浮かべて梯子段を下りてくる。随分と嬉しそうだ。

「みんなは次もおいらが仲間外れになるだろうと考えているみたいだけど、まだそうと決まったわけじゃないからね。また前回と同じ順番になるなんて、お多恵ちゃんもそんな芸のないことはしないはずだよ。きっとさ、初めに臭いを嗅ぐのは、新ちゃんとは別の人になるに違いない。だから、ここにはお化けなんていないんだ……ということで、おいらが鬼になるからさ。早くみんな隠れてよ」

「ちょっと銀ちゃん、まだかくれんぼを続けるつもりなのかい」

「せっかく来たのに一回だけでやめるなんてもったいないじゃないか。ここにお化けはいないと分かったことだし。それじゃ、忠ちゃんみたいに店の土間の所で数えるから、急いで隠れてくれよ。そんなにびくびくしなくていいからね。このおいらが、あっという間に見つけてあげるからさ」

銀太はそう言って、さっさと行ってしまった。残された三人は顔を見合わせる。

「どうする？」

忠次が訊ねると、新七が不敵な笑みを浮かべた。

「そりゃ、続けるしかないだろう。さっき二階を確かめたら臭いがしなかった。やっぱりあれは俺の勘違いだったんだよ。だから幽霊のことは気にせず、今はかくれんぼのことを考えよう。どうしても見つけられなくて銀ちゃんが降参するような場所へ隠れなくちゃ」

どうやら新七は、銀太から「あっという間に見つけてあげるから」と言われたことが癪に障っているようだ。負けず嫌いの性分なのである。

「きっと銀ちゃんは、俺たちが怖がって二階を避けるだろうと考えるはずなんだよ。だから裏をかいて、三人とも二階へ隠れよう」

「でも、隠れる場所なんてないよ。新ちゃんみたいに鬼の動きに合わせて場所を移るのは、一人ならともかく三人もいると音や気配で気づかれるだろうし」

「心配いらない。そうじゃなくて、ちゃんと隠れる場所があるんだよ」

新七は梯子段を上がり始めた。もちろん念のために鼻を動かしながらだ。その後に留吉が続く。こちらはなるべく音を立てないようにゆっくりと上っている。常に聞き耳を立てながら動いているみたいだ。

最後に忠次が梯子段へ足をかけた。上がりきる前に首を精いっぱい伸ばして二階を覗き、きょろきょろと目を動かして、先に行った二人以外の人物が見えやしないか確かめる。どうやら平気だと分かってから、ようやく二階へ足を踏み下ろした。銀太には悪いが、結局三人とも、次は元の順番に戻って銀太は仲間外れになるものと考えているのだ。

「こっちだよ」

忠次が二階に上がったのを見て、新七が手招きした。裏庭に面した廊下に並ぶ障子窓の脇に立ち、そこから外へと身を乗り出している。

「ちょっと、危ないよ」

「心配ない。窓の外には一間ほど屋根が張り出しているんだ。そこに乗ろう」

「でも、そんな所にいるのが手代さんにばれたら……」

「手代さんが駄目だと言ったのは裏の雑木林と、敷地にもう一軒建っている二階家、それから蔵、そして穴蔵だ……と言っても、やっぱり見つかったら叱られるだろうけどね。でも、手代さんは一階を掃除しているんだから気づきはしないよ。それに今は手代さんより、銀ちゃんに見つからないようにすることの方が大事だ」

新七はぐっと足を持ち上げて窓を乗り越えた。その下にある屋根へ下りる。部屋の中から見ると、新七の胸の辺りに窓の下の縁(へり)があった。

「ここで体を低くしていれば、部屋の中からは分からないよ」

新七の頭が窓の下へ消えた。身の軽い留吉がぽんっ、と窓を乗り越えて、やはり下へと消える。忠次が近づいていって覗き込むと、二人は窓のすぐ下にいて、壁に背を付けて座っていた。

「北側だから涼しいし、風も通って気持ちがいいよ。眺めは……雑木林しかないけどさ」

留吉が言った時、一階でどたどたと歩く銀太の足音が聞こえてきた。探し始めたらしい。忠次は慌てて窓を乗り越え、屋根へと下りた。姿勢を低くして身を潜める。

相変わらず銀太の足音が聞こえてくる。こうやって鬼の時にわざと大きな音を立てるのが銀太の手なのだ。長屋でかくれんぼをする時もたいていこの作戦を使っている。そうやって隠れている者を誘い出すのである。気の弱い人間だと鬼のそばでじっと息を潜めることに耐え切れなくなり、笑い出したり自ら飛び出したりしてしまうのだ。

もっとも、それは隠れているのがまだ小さい子供の場合だ。さすがに忠次たちは、今さらこの手に引っかかったりはしない。むしろ、鬼の銀太の居所が分かるので都合がいい。

足音が梯子段を上ってきた。二階も念のため確かめることにしたのだろう。

やがて足音は二階に着いた。どた、どた、と大きく踏み鳴らしながら、廊下を進んでくる。

忠次たちが潜んでいるすぐ上の窓の向こうを、足音が通り過ぎた。まったく外は気にしていないようだ。

やがて廊下から部屋の方に入り、足音は梯子段へと戻っていった。しばらくすると、一階へと下りていく音が耳に届いた。

そこで忠次は、ふう、と大きく息を吐いた。また戻ってくるかもしれないが、少しの間はのんびり構えていられるだろう。

目を裏庭の方へ向けると、庭木があるらしく、自分たちが潜んでいる屋根のすぐそばにその先端の部分が見えた。いざとなったらあそこに飛び移って下りられないかな、いや枝が細いから無理か……などと考えていると、隣に座っていた留吉が囁(ささや)いた。

「……あのさ、今、銀ちゃんは一階に下りていったよね」

「うん、そうだね」

銀太がどたどた歩く音が下から響いてくる。間違いなく一階にいる。

「丸亀屋の手代さんは、どこにいる？」

「下だと思うけど」

忠次は耳をそばだてた。畳を掃く音が聞こえてくる。

「うん、やっぱり下にいるよ」

「それならさ……今、二階を歩き回っているこの足音は、誰のもの？」

忠次は、はっとして留吉の顔を見つめた。

留吉は体を捻って顔を窓の方へ向け、二階を覗き込んでいた。その目が少しずつ動いている。

忠次には聞こえない音の方へと目を向けているようだ。

「動き回っているのか……」留吉とは反対側の隣に座っている新七が呟いた。「前に俺たちが幽霊に遭った時に嗅いだ臭いは結構遠くまで感じ取ることができたけど、今回は違うのかもしれない。ある程度の塊（かたまり）になっているんじゃないかな。だから、さっき俺が確かめるために二階に上がった時には何も感じなかった。臭いの塊が別の場所に動いてしまっていたからだ。そう考えると、辻褄（つじつま）が合う気がする」

「いやいや、いやいやいやいや」

忠次は激しく首を振った。どうやら新七は、幽霊がまた自分たちの前に現れたと決めてかかっているようだ。だがそれは困る。

「さっきの新ちゃんのは、勘違いだってことになったはずじゃないか。留ちゃんが聞いている音だって、下でしている銀ちゃんの足音が響いてきているだけに違いないよ」

「……ごめん。足音だけじゃなくて、実は声も聞いているんだ」

留吉が申し訳なさそうに告げた。

「ちょっと留ちゃん……本当に？」

「知らない男の声でさ、『おとじろう』って囁いたのがさっき聞こえた」

「……誰だよ？」

「さあ」

忠次は頭を抱えた。やはり自分たちは、再び幽霊に出遭ってしまったのかもしれない。

しかしもちろん、まだそうとはっきり決まったわけではなかった。新七が嫌な臭いを嗅いだのは勘違いだし、留吉が聞いたのは空耳か、あるいはどこかで誰かが「おとじろう」と言った声が風に乗って届いただけと考えられなくもないのだ。

それを確かめる術が、実はある。忠次が今、音がするという二階の部屋を覗くこと。それだけだ。もしまたあれが始まったのなら、忠次には音や臭いの正体が見えるはずなのだから。

多分、新七と留吉もそのことに気づいている。気づいていて言い出せないでいる。気兼ねしているのだろう。幽霊を見るのは嫌なことに決まっているからだ。

しかしそれでいて、忠次自身から言い出すのを期待しているに違いない。相手の正体が分からないのは気持ちの悪いことだから。

――参ったよな……。

こんな場所に隠れたことを忠次は後悔していた。もう一度、屋根のそばに見える庭木の枝を見る。部屋の中へ戻らずに逃げるとするなら、あそこへ飛び移るしかない。しかしそれは危なそうだ。細いからきっと折れる。

留吉に聞こえている音や声が消えてしまうまで待つか。だが、もうそろそろ蓮十郎と丸亀屋の店主が連れ立ってやってくる頃だろう。その前にここを離れなければならない。

――結局、幽霊がいるとほぼ分かっている部屋の方に戻るしかないんだよな。

まったく、かくれんぼをしようなんて言い出したのはどこの馬鹿野郎だ。碌なやつじゃねえな、と心の中で自分自身に悪態を吐いてから、忠次は二人に告げた。

「仕方ない。窓の向こうを見て、幽霊がいるか確かめてみるよ」

腹を決めたらすぐにでも動かないと、後になればなるほど怖さが増してしまう。忠次は窓の縁に手をかけ、思い切って立ち上がった。

その寸前に、新七が「臭ぇ」と鼻をつまんだ。同時に留吉が「あ、待って。今はすぐそこにいるから」と叫んだ。どちらももう少し早く言ってくれれば、忠次は動きを止めることができていた。あるいは忠次自身が、窓枠の縁に向こう側からかけられている手があったことに早く気づければよかった。しかしそのいずれもが、ほんの少し遅かった。

忠次が外側から部屋の中を覗くのとまったく同じようにして、向こう側からぬっと男の顔が出てきた。

すぐ目と鼻の先で顔を見合わせるような形になる。お蔭で忠次は相手の顔がよく見えた。年は三十代の半ばか、あるいは四十に近いくらいかもしれない。ひょろりとした顔で、顎(あご)に大きなほくろがあった。

思わず体を後ろに引こうとする。ところが、窓枠の縁にかけられていた男の手が素早く伸びて、忠次の肩をがしっとつかんだ。

男は忠次を引き寄せた。そして何かを訴えるかのように必死の形相でぱくぱくと口を動かした。忠次には何も聞こえなかったが、脇にいた留吉が、「あっ、また『おとじろう』って聞こえた」と声を上げる。

男が目だけ動かして留吉の方を見た。肩をつかんでいる手の力が弱められた気がした。しかしそれは気のせいだった。いや、確かに弱くはなった。しかしそれは男が力を抜いたせいではなかった。

忠次の目の前にある男の顔の所々に、斑点(はんてん)のような黒い部分が浮かび上がってきた。それは見る間に全体に広がり、男の顔がどす黒くなった。顎ががくりと下がって口が開く。留吉に向けられている目も水気を失って萎(しぼ)んできているようだった。頭の形も歪んできている。忠次の肩に載せられていた手が、ぽろりともげる。

男が、すごい速さで一気に腐ったのである。それを忠次は目の前で見せられている。

新七が、「臭ぇ臭ぇ」と騒ぎ始めた。その声を耳にしながら、忠次は自分の体がすうっと後ろへと倒れていくのを感じた。それとともに、目の前がじわっと暗くなっていく。

忠次は、そのまま気を失った。

四

吉兵衛は丸亀屋の元の店へと向かって歩いていた。隣には古宮蓮十郎、そして丸亀屋の店主の市左衛門（いちざえもん）がいた。

忠次と銀太が床板を踏み抜いた件を謝るために、吉兵衛は手習が終わった頃を見計らって耕研堂を訪れたのである。ついでに今朝の説教の続きをと考えていたのだが、吉兵衛が着いた時にはもう、子供たちはみな帰ってしまった後だった。

耕研堂には子供たちの代わりに市左衛門がいて、蓮十郎と話をしていた。長く同じ町内に住んでいるので、吉兵衛と市左衛門は顔見知りだ。それで二人に加わり喋っているうちに、耕研堂の建物を手直しする間、丸亀屋の元の店を使わせてもらうという話が出ていることを知った。これから蓮十郎はそこを訪れるところだという。それなら自分も一緒に行きましょうということになり、今、こうして三人で向かっているところだった。

「……しかし、お千加ちゃんももう十九ですか。早いものですなぁ」

歩きながらも吉兵衛は、市左衛門とずっと喋っている。話題は丸亀屋の一人娘、お千加の話だ。何度か溝猫長屋に遊びに来ているので、吉兵衛もよく知っていた。今は大変な美人だと評判だが、やはり小さい頃からとても可愛らしい顔をした子供だった。それに、心根も優しかった。

長屋を訪れた時にはあの「お多恵ちゃんの祠」に手を合わせて、軽くその周りの枯葉などを拾って綺麗にしていたことを覚えている。一方で同じ頃、銀太が祠に向かって小便をして罰が当たっていたので、なおさら優しい子だなと思ったものだ。

「そうなると、もう婿をもらっても不思議ではない年でしょう。いや、ちょっと遅いくらいか。やはり番頭さんと一緒にするのですかな」

お千加は一人娘だし、そもそも丸亀屋は代々女系で継いでいることを吉兵衛は承知している。市左衛門も元々は丸亀屋の番頭をしていて、商才が認められて婿入りしたのだ。きっとお千加も似たような形になるだろうと踏んで、そう訊いてみた。

「はあ……いや、そのつもりだったんですがね。ちょっと困ったことになっておりまして」

市左衛門の顔色が曇った。これはまずいことを訊いたかな、と申し訳ない気持ちになる。

「……何かございましたか。いや、もちろん話したくなければ話さなくて結構ですが」

「ううむ。ここだけの話にしてくだされば……」

市左衛門はちらりと横にいる蓮十郎の方を見た。自分は聞かない方がいいだろうと判断したらしく、蓮十郎はすっと四、五間ほど後ろへ離れた。それを確かめてから、市左衛門は吉兵衛の耳元へと口を寄せた。

「実はお千加を、うちの番頭の儀助（ぎすけ）と一緒にしようと考えていたんですよ。優しすぎるところがあって商才には必ずしも長（た）けているとは言えませんが、大変に実直で、常に店のことを考えてくれる男でしたからな。ところが儀助や店の者たち、そしてお千加にその話を伝えたすぐ後、恐らくまだ十日も経っていない頃に、当の儀助が店から姿を消してしまいましてね」

「ほほう。長く丸亀屋の番頭として勤めていた人間だ。婿入りの話が嫌だったとしても、黙っていなくなるというのは妙な話だ。いや、そもそもお千加ちゃんに不服があるわけがない」

「私もそう信じているのですが、とにかく儀助は消えてしまった。やつの故郷などへも人をやったのですが、戻っていなくて、そのまま行方知れずのままなんです。それが今から半年ほど前のことでしてね。それで弱っているんですよ。儀助のことが分からないままでは、別の縁談は進めづらい。そうかと言ってうかうかしていると、お千加も二十歳を超えてしまう」

「なるほど、それは困った話ですなぁ。ううむ……店の外の人間に頼んで儀助を探してもらってはいるのですか」

弥之助の顔を思い浮かべながら吉兵衛は訊ねた。

「いや、それはちょっと……。別に金を惜しんでいるわけではないのですが」

「ふむ」

恐らく市左衛門は、儀助のいなくなった理由が、丸亀屋の恥になるようなことだったら困ると考えているのだろう。あるいは、お千加の恥になるような結果になるのを恐れている。それで内々で何とかしようと考えているに違いない。

「さすがにもう少ししたら、お千加のために新たな婿を探し始めなければいけないだろうと、そう考えてはいるのですが。ああ、着きました……が、表戸が開いていないな。手代の清八（せいはち）が来ているはずなのですが」

「おかしいですな。それに、何やら裏の方が騒がしい」

こちらから入りましょう、と言って市左衛門が板塀沿いに店の脇の方へ進んでいった。吉兵衛がついて行くと、そちらに木戸があって人が通れるくらいに開いていた。先に市左衛門が中に入り、吉兵衛もすぐ後に続く。

裏庭に回ると、子供が一人、地面に横になっていた。それを心配そうに見ながら、周りを別の三人の子供が取り囲んでいる。他に大人が一人いて、倒れている子供の顔を覗き込むように屈み込んでいる。

大人はさっき名前の出た、丸亀屋の手代の清八だろう。子供たちの方は、こちらは吉兵衛が嫌というほどよく知っていた。

「お前たち、こんな所で何をやっているんだ。それに忠次はどうした。どこか痛めたのか」

吉兵衛は慌てて駆け寄った。まさか命にかかわるようなことになってはおるまいな、と恐る恐るその顔を覗き込む。

「……ああ、大家さん。おいらは平気です。木に引っかかったから」

いきなり横から吉兵衛の顔が出てきたからだろう。びっくりしたように忠次は跳ね起きた。なるほど、確かに平気そうだ。手足に少し擦り傷があるだけである。

「何があったのかね？」

幾らかほっとしながら、吉兵衛は清八に訊ねた。

「はあ。実は子供たちが店の中でかくれんぼをしておりまして。二階の窓から出て屋根の上に隠れたらしいのですが、足を滑らしたようなんです。幸い、すぐ下に庭木がありまして、それに引っかかったので何事もなく済んだのですが……」

「ははあ、なるほど。それは運が良かった」

吉兵衛は振り向いた。少し離れたところで、市左衛門が何事かと目を丸くしてこちらを見ていた。その後ろに蓮十郎がいるが、こちらは子供たちがまた何かしでかしたようだと、苦笑いを浮かべている。

「ええと、丸亀屋さん。儂はこの子たちを連れて長屋に帰りますので、これで失礼します。それから古宮先生。こっちの件が終わったら長屋に顔を出していただけませんか。どうせ説教を食らわすなら、二人がかりの方が効き目もあるでしょう」

ふええ、と子供たちが一斉に情けない声を出した。


「……なるほど。つまり、幽霊を感じ取ってしまうあれが、また始まったというわけか」

溝猫長屋の奥の、「お多恵ちゃんの祠」のそばで子供たちからすべての話を聞き終わった吉兵衛は、一緒に話を聞いていた弥之助の顔を見た。ちょうど子供たちを連れて長屋へと戻る途中でばったり会ったので、そのまま一緒に来てもらったのだ。

「弥之助は、どう思うかね」

「他所の人間なら与太話くらいにしか思わないでしょうが、私たちは信じないわけにいかないでしょう。しかし、また同じ順番で来たのか」

「ふむ。そのようだ。しかし幽霊のことと、かくれんぼで屋根の上に隠れたことは別の話だ。じっくりと叱ってやらないとな」

吉兵衛は子供たちの方へ顔を戻した。

「忠次、お前は一歩間違えていたら命を落としていたかもしれないのだよ。それから、そもそも丸亀屋へ行ってかくれんぼを始めようと言い出したのもお前のようじゃないか。忠次は特に長く叱るつもりだから、そのつもりでいるように」

忠次がはっきりとそう分かるくらいにしょげ返った。思わず吹き出しそうになったので、慌てて吉兵衛は子供たちから顔を逸らし、また弥之助の方を向いた。

「説教を始めるのは古宮先生が来てからにするとして、その前に子供たちに訊いておきたいことはあるかね」

「そうですねぇ。やはり、『おとじろう』が誰かってことですかね。子供たちが出遭った幽霊が『おとじろう』なのかな。その名前しか聞こえてこなかったのかい」

留吉が頷いた。続けて弥之助は、忠次に向かって訊ねた。

「お前が見た幽霊は、どんな感じだった。年回りとか、人相とか」

「ええと、年は多分、弥之助親分と同じか、それより少し上くらいだったと思います。人相は、やけに顔が長くて、ひょろりとしていました。それと、顎に大きなほくろがあった。覚えているのはそれくらいです。何しろ、その後すぐに腐っちゃったから」

その時のことを思い出したようで、忠次がひどく顔を顰めた。

弥之助はお多恵ちゃんの祠の方へ目を向けて、ふうむ、と一つ唸った。それから吉兵衛に向かって言う。

「この子供たちが幽霊に出遭う場合、何か裏にお多恵ちゃんの思惑が働いているような気がするんですよね。ただ単に、子供たちの精神を鍛えるとかいうわけではなくて。大家さんが言っていた、番頭の儀助って男の件もあるし、ちょっと丸亀屋を調べてみますよ。もしかしたら留吉が聞いた、『おとじろう』という者にどこかで行きあたるかもしれませんし」

「うむ。ただし儀助の方は、丸亀屋さんやお千加ちゃんに迷惑がかからない形で頼むよ。それから、たとえ何か丸亀屋の秘密を握ったとしても、決して強請り(ゆすり)やたかりはするんじゃない。もしそんなことをしたら……」

「お前と刺し違えて死んでやるって言うんでしょう。分かってますよ。それでは、さっそく調べに参りますので、自分はこれで」

弥之助はぶらぶらした足取りで長屋の路地へと消えていった。大丈夫なのかねぇ、と吉兵衛は心配げにその後ろ姿を見送る。

——まあ、いざとなったら刺し違えるだけだし。

ちょうど弥之助と入れ違うように蓮十郎の姿が路地の先に見えたので、吉兵衛は子供たちの方へ向き直った。そして、とにかく今はこいつらの説教に力を尽くすとするかな、と精いっぱい怖い顔をして睨みつけた。

五

翌日、昼の八つ時を過ぎてから弥之助が耕研堂を訪れると、吉兵衛が先に顔を出していた。

子供たちはもうほとんど帰っていたが、二人だけ居残りをさせられていた。忠次と銀太だ。家業の手伝いがある新七と、弟妹の面倒をみなければならない留吉は滅多に残されることはないが、その分、この二人が割を食っている。少々気の毒な気もするが、当人たちにまったく気にしている様子がないのが面白い。

それにしても少し見ない間に、耕研堂も随分とぼろくなったものだな、と思いながら床を眺めていると、吉兵衛から声をかけられた。

「どうしたんだね、弥之助。お前は丸亀屋さんのことを調べ回っていて忙しいと思っていたが、まさかもう、何か分かったんじゃないだろうね」

「そのまさかですよ。今朝からずっと、丸亀屋の周りをうろうろしていましてね。ああ、新しい方の店ではなく、昨日子供たちがかくれんぼした、元の店の方ですが……」

弥之助は筆を熱心に動かして居残りの手習をしている銀太に顔を向けた。

「一所懸命やっているところをすまないが、銀太、確かお前は昨日、丸亀屋の裏庭で嫌な臭いを嗅いだと言っていたよな。その時はお前の勘違いで済まされてしまったようだが」

銀太は顔を上げ、自信ありげに大きく頷いた。

「はい。確かにおいらは嗅ぎました。だから、今回は初めにおいらに『嗅ぐ』順番が来たと思って喜んだんだ。だけど忠ちゃんたちに勘違いだと言われて、がっかりしたんだけど……でも親分さん、わざわざそんなことを訊くってことは、もしかしておいらが嗅いだあの臭いは……」

「残念だったな。幽霊ではないよ」

「なんだぁ」

　銀太は肩を落として口を尖らせた。

「でもな、銀太。お前が嗅いだと思ったのは勘違いじゃなかった。本物の死体の臭いだったんだ。丸亀屋の裏の雑木林を歩いていたら俺も妙な臭いを感じてな。掘り起こしたら、死体が出てきた」

　銀太は目を丸くした。その隣で話を聞いていた忠次もびっくりしている。

「結構深くまで埋められていたので、これまではあまり臭いが漏れなかったんだ。さすがに夏になってかなり腐ってきていたから俺は気づいたが、それでもかすかに感じたくらいだったよ。昨日は多分、風に乗ってうまい具合に銀太の鼻に臭いが届いたんだと思うが、それでもよく気づいたと思うよ。自慢していいぞ。銀太、お前の鼻は犬並みだよ」

「はあ」

　あまり嬉しそうではなかった。弥之助は、次に吉兵衛の方を向いて話を続けた。

「そういうわけで、裏の雑木林から死体が一つ、出てきました。そうなると今度は、その身元を調べなければなりません。先ほど言ったようにだいぶ腐っていましてね。それで苦労すると思ったんですが、ところが幸いなことに懐に財布やら煙草入れやら、色々な物が残っていました。どうやら物取りに襲われて殺されたのではないようだ。それらの物から、身元の方はあっさり分かりましてね」

「ほう。それはやはり……『おとじろう』という男だったのかね」

「ところが違ったんです。裏の雑木林で見つかった死体は……儀助でした」

「……何だと？」

「半年前からいなくなっていた、丸亀屋の番頭の儀助です。それで今、丸亀屋は大騒ぎでして。これについては大家さんに謝らなければなりません。丸亀屋に思いっきり迷惑がかかってしまいました」

ううむ、と唸って吉兵衛は弥之助を睨んだ。しかし、すぐにその表情を緩め、諦めたように力なく首を振った。

「死体が出てきてしまったのだから、致し方あるまい。丸亀屋さんも大変だろうが……」

吉兵衛はそう呟いて口を閉ざした。

「あのう……」

おずおずといった様子で、忠次が口を挟んできた。

「そうなると、おいらが昨日見たあの幽霊の正体は……」

「丸亀屋さんや、勤めている奉公人などに儀助って人の風体や人相などを訊いたら、顔がひょろりと長くて顎に大きなほくろがあったと、みな口をそろえたように言ったよ。お前が見たのは儀助の幽霊で間違いないようだ」

「それなら、『おとじろう』ってのは誰だったんでしょうか」

「ああ、それについてはまだ分からない」

「そうですか……」

　忠次は小さい声で、「ちくしょう、おとじろうって誰だよ」と呟いた。それからむすっとした顔で筆を動かし始めた。

「まあ、そういった次第でして、儀助の件で忙しいので、私はこれで丸亀屋の方へ戻ります」

　吉兵衛にそう断って、弥之助は耕研堂を後にしようとした。しかし表に出る手前でまだ何か忘れているような気がして、慌てて振り返った。部屋の中を見回して、やっと思い出す。古宮蓮十郎に告げることがあったのだ。

　ここは耕研堂だから、雇われとはいえ蓮十郎が主みたいなものだ。それなのに、なぜかもっとも影が薄い。

　その辺りがむしろ恐ろしい人だよな、と弥之助は思った。吉兵衛や子供たちは知らないが、実は蓮十郎が剣の達人で、しかもいったんそれを握ると別人のように性根がねじまがるのを弥之助は知っていた。

「ええと、古宮先生、今の話でもうお分かりだと思いますが、そういうことなので耕研堂を丸亀屋に移すという話は、なしになりました」

「死体が出てきてしまったんだから仕方ないな」

蓮十郎は静かに頷いた。当然という様子で納得している。

しかし、別のところから不満げな声が上がった。

「ええっ、それじゃ、おいらたちはずっとこんな穴だらけの場所で手習を続けるの？」

「何だよ、せっかくあそこは広くていいと思ったのに」

忠次と銀太だ。これにはさすがに弥之助も呆れた。

「そもそもその穴を開けたのはお前たちだろ。まあ、俺も一つ開けたが……それに、あの空き店は儀助の幽霊が出たところだぞ。忠次なんか、その姿を目の当たりにして屋根から転げ落ちたじゃないか。そんな場所で手習がしたいのか？」

それで大人しくなるかと思いきや、忠次は何食わぬ顔で答えた。

「もう見ちゃったから、おいらは聞くか嗅ぐか、たいしたことないのしか残ってない。だから構わないんだけど」

もちろん銀太も平然としている。

「おいらはどちらかというと、さっさと見るか聞くか嗅ぐかしたいから、幽霊がいる所の方がありがたいかも」

「……お前らは本当に……」

強いと言うべきか、それともただの阿呆と言うべきか。判断に迷い、弥之助は言葉を失った。

二つ目の死体と二人目の名

一

羊羹と金鍔が並んでいるところへ、上から手斧が襲いかかった。

もはやこれまで、と思われたその刹那、気配を察した羊羹が身を翻してこれを避ける。しかし逃げ遅れた金鍔は、いきなりの手斧の攻撃に肝を潰し、三尺余りも跳び上がった。

この動きに蛇の目が驚き、目を丸くして身を起こした。井戸端では釣瓶と柄杓が体を強張らせ、少し離れた場所では筮竹が、八卦見が占う相手へ向けるような目付きでその様子を眺める。しっぽく、花巻、あられは、自分たちも仲間に入ろうと体を低くしながらそろそろと近づいていく。

弓張、菜種、柿、玉、石見はどこ吹く風といった風に何食わぬ顔で祠のそばにいる。そして、それらすべてを見守るように、親分の四方柾が屋根の上から見下ろしていた。

……というのが、たまに溝猫長屋で見られる光景である。もちろん、すべて猫の話だ。

長屋の住人たちがそれぞれの仕事にかかわる道具や商い品などの名を猫に付けたため、こんな妙なことになってしまっている。知らない人が聞いたら、きっと物の怪が動き回る長屋だと思って怖がるに違いない。

「……いや、それよりも、気は確かかと変な目で見られるんじゃないかな」

新七にそう言われてしまい、やっぱりそうだよね、と忠次は肩を落とした。

「考えてみると、そんな目付きだったよ」

さっき手習から帰る道すがら、「今朝、部屋を出たら屋根から手斧が頭の上に降ってきた」という話を大声で銀太にしていたところ、通りがかった若い女の人がぎょっとした顔でじろじろと見てきたのである。初めは忠次の頭に目をやり、その後で顔を眺め、それから溜息を吐いて首を振りつつ去っていった。新七が言うように、変な子供がいると思ったのだろう。

「……もしおいらが猫に名を付けることがあったら、すぐにそれと分かるようなのを考えるよ。猫兵衛とか、猫左衛門とか」

そう言いながら、忠次は辺りを見回した。長屋の一番奥の、井戸や物干し場、厠や掃き溜め、それにお多恵ちゃんの祠などがある場所である。他の季節なら必ずここに数匹の猫が寝そべっているのだが、夏の盛りの昼間の今は、一匹も見当たらない。溝猫長屋の呼び名の通り、暑い時は溝に入り込んでいるのだ。もし溝板をすべて外したら、涼んでいる猫の姿が点々と見られるはずである。

長屋のかみさん連中が井戸端で洗濯をした際の水が流れるから、しばらく雨が降らなくても溝の中は常にじめじめとしている。間違いなく長屋の中で一番涼しい場所だろう。

「野良太郎は入れなくて可哀想だな」

長屋の建物の縁の下にいる野良犬の姿を見つけ、忠次は呟いた。もう大人の犬なので体が大きく、猫たちと一緒に溝の中に入るのはさすがに無理なのだ。少しでも冷たくなるように自分で地面を掘った上に寝そべってはいるが、それでもかなり暑そうである。はっ、はっ、と息をする声が少し離れたここまで聞こえてくるし、それにずっと舌を出しっぱなしだ。しまい方を忘れて、秋が来てもそのままになるんじゃないかと心配になる。

「忠ちゃんの言う通り、野良太郎は可哀想だ。暑いのもそうだけど、仲間外れになっているのが気の毒だよ。うん、本当に可哀想だな」

銀太が心から同情しているというような口ぶりでしみじみと言った。元の丸亀屋の空き店で他の三人が幽霊を見たり、声を聞いたり、嫌な臭いを嗅いだりしたのに、自分だけ何もなかったことを気にしているのだ。

「負けるなよ、野良太郎。気持ちはよく分かる。おいらだけはお前の味方だぞ」

どうやら自分の姿を野良犬と重ねているらしい。

「ちょっと銀ちゃん、いくらなんでもそれは気に病みすぎだよ。次は銀ちゃんにも何かあるかもしれないんだからさ」

「そんなこと言って、実は忠ちゃんだって、次もおいらだけ仲間外れになると思っているんだろう」

「いや、そんなこと……」

思っている。今年の春、お多恵ちゃんの祠へお参りするようになって早々に、忠次たちは立て続けに幽霊に出遭う羽目に陥ったが、その時と同じになる気がする。銀太だけ三度続けて何事もなく、四度目にたった一人で、見て聞いて嗅ぐのだ。

「ああ、どうしてまたおいらだけ取り残すんだよ。そういうことは、人としてしちゃいけないと思うよ」

「おいらに言われても……」

忠次は祠へ目を向けた。やっているのは自分じゃなくてお多恵ちゃんである。そしてそのお多恵ちゃんはもう生きている人じゃない。どうしようもないではないか。

しかし銀太がそう言いたくなるのも分からないではない。さて、どうやって慰めようかな、と頭を捻っていると、今度はそれまで黙っていた留吉から文句が出た。

「だいたい忠ちゃんはずるいよ。前の時もそうだったけど、初めに『見る』という嫌な役目を終わらせちゃっている。一番おっかないところを通り過ぎちゃっているから、そんな風に余裕があるんだ」

その時と同じ順番なら次は留吉が見ることになる。だから留吉はここのところ、ずっと表情が暗い。

「いや、それも……」

お多恵ちゃんが仕向けていることだ。これも自分では如何(いかん)ともしがたい。それなのに二人に言われっぱなしなのは腹が立つ。

「……いや、留ちゃんの方がましだよ。おいらの方がよっぽど大変だ。いきなりだから漏らしそうになるほどびっくりする。だけど留ちゃんは、次に見るのが分かっているんだから心構えができるじゃないか」

　忠次は反撃に出た。しかしすぐに留吉に言い返される。

「いいや、忠ちゃんの方がいいに決まっている。いきなりって言っても、その前においらや新ちゃんが聞いたり嗅いだりするんだから一応の心構えはできるじゃないか。ところがおいらの場合、次に見るのは決まっていても、いつになるか分からないから、びくびくしながら待っていることになる。これは辛いよ。お蔭で夜もぐっすりと寝られない」

　続けて銀太が畳みかける。

「おいらなんか、生まれてからずっと一緒だった友達に仲間外れにされてるんだぜ。しかも、それなら幽霊に出遭わなくて済むのかと思えば、後からいっぺんにやってくる。踏んだり蹴ったりとはこのことだよ」

「ううん……」

　明らかに分が悪い。忠次は助けを求めて新七の方へ目を向けた。しかし、自分にまで火の粉が降りかかってきては堪(たま)らないと考えているのか、新七はとぼけた顔であらぬ方を眺めている。

　困った。忠次は藁(わら)にもすがる思いでお多恵ちゃんの祠を見る。すると思いが通じたのか、若い娘の鋭い声が四人の耳に届いた。

「おいらの方が大変だの、自分の方が辛いだの、男のくせにぐだぐだと情けないことを言い合ってるんじゃないわよ。今、一番苦しい思いをしているのは、丸亀屋のお千加ちゃんに決まっているでしょう。もちろん、殺された番頭の儀助さんも気の毒だけどね。この二人に比べれば、あんたたちの言い分なんて屁みたいなものよ」

声の主は祠に祀られているお多恵ちゃん……ではない。驚いた男の子たちが声のした方を見ると、隣町にある菊田屋という質屋の娘、お紺が四人を睨みつけるように仁王立ちしていた。

このお紺、当人は菊田屋の箱入り娘だと言い張っているが、誰もそんなことを信じてはいなかった。現にこうして、ふらふらと隣町の汚い長屋へ一人でやって来ている。そもそも、育ちのいい娘の口から「屁」なんて言葉が出てくるわけがない。

「お紺ちゃん……どこから湧いたの？」

「人をぼうふらみたいに言わないでよ。歩いてきたに決まってるでしょう」

お紺はずかずかと四人に近づいてくると、辺りを見回して、ふん、と鼻を鳴らした。

「やけに寂しいわね。あんたたち四人と犬しかいないじゃないの」

「暑いからね」留吉が答える。「猫たちは溝板の下にいるし、他の子供たちは家の中にいるよ。お陰でおいらは助かるんだ」

兄弟が多い留吉は、手習が終わった後に弟や妹の面倒を見ることを押し付けられる。しかし今日のように日差しが強い夏の日中は、年少の子供たちは家の中で昼寝などをしているので、その役目が解かれるのだ。もっとも、日が傾いて少し涼しくなると表へ遊びに出てくるから、それまでの間だけであるが。

「ふうん。まあ、あんたたちに用があるんだから別に構わないけど。聞いたわよ、儀助さんの幽霊に遭ったらしいじゃないの。その後で、丸亀屋さんの裏の雑木林の中から儀助さんの死体が見つかったとか。どうやらまた始まったみたいね」

お多恵ちゃんの祠にお参りするようになると幽霊を感じるようになる、というのはあまり知られていない。年少の子たちが怖がらないように大っぴらにされていないのだ。知っているのはお参りさせられる当人たちと、溝猫長屋に住んでいる、あるいは住んでいたことのある大人たちである。まったくの他所者(よそもの)で知っているのは、手習師匠の古宮蓮十郎などごくわずかだ。

このお紺もその数少ない一人だが、それにしても随分と詳しい。

「お紺ちゃん、誰に訊いたの？」

「丸亀屋のお千加ちゃんからよ。一緒に耕研堂に通っていた時期もあるし、今でも同じお稽古事を習っている友達なの。だけどお千加ちゃん、ここのところ、ずっと家に閉じ籠っているから様子を見に伺ったのよ。そうしたら親分さんもうろうろしていたってわけ。それにしてもお千加ちゃん、かなりやつれた感じだったわ。年じゅう顔を合わせていたお店の番頭さんで、しかも自分のお婿さんにという話があった人が死体になって見つかったわけだから、無理もないわね。本当に心配だわ。心労が溜まって倒れたりしなければいいけど。お千加ちゃん、あたしと違って本物の箱入り娘だから」

自分が偽者だということを、ちゃんと承知しているらしい。

「ところが、丸亀屋さんはもう次のお婿さんを探し始めているらしいの。すでに名前が挙がっている人もいるみたいね。まだ番頭さんの死体が見つかってさほど経っていないから、すぐに祝言をあげるというわけじゃないでしょうけど、お千加ちゃんももう十九だし、早めに相手を決めておきたいんでしょう。だけど、お千加ちゃんの気持ちを考えると酷い話だわ。ねえ、あんたたちもそう思うでしょう」

お紺は口を尖らせ、眉間に皺を寄せた。機嫌が悪そうだ。

さて、どう返答をするべきかと忠次は必死になって頭を捻った。こういう場合、決して逆らうようなことを言ってはいけない。特に相手が女の場合、そんなことをすると怒りの矛先がこちらに向けられるという、不幸なとばっちりを食らう羽目になるに決まっている……というのが、まだ子供である忠次が主に母親から得た教訓である。とにかく相手に同意しつつ、なだめる感じで話を進めることだ。

「ええと……」

忠次は口を開きかけた。しかしそれより先に、銀太がお紺に向かって告げた。

「いや、別にいいんじゃないの」

うわっ、と思いながら忠次は銀太の顔を見た。虎の尾を踏みに行きやがった。

きっとお紺ちゃんは、ますます機嫌が悪くなるに違いない。頼むからもう妙なことは言わないでくれ、と必死に目配せをする。しかし銀太はそんな忠次をちらりとも見ようとせずに、そのまま呑気な口調で言葉を続けた。

「その、お婿さんになる相手によるんじゃないかな。案外と頼りになる人かもしれないし。もしそうなら、お千加さんも安心できていいと思うけど」

忠次は首を竦め、上目遣いで虎を……いや、お紺を見た。

お紺は表情を消し、やけに静かな目を銀太へと注いでいる。これは怖い。吠えるか噛むか引っ掻(か)くか、果たして次にどういう攻撃が繰り出されるのだろうかと、忠次は身を縮めて待ち構えた。

ところが意外なことが起きた。お紺が唐突に頬を緩め、にこりと笑ったのである。

「あんたたちならそう言うと思っていたわ。まさにその通りよ。もし縁談の相手がすごく良い人で、お千加ちゃんを包み込むような度量の広い男だったら、むしろお千加ちゃんのためになるわけよ。それなら、あたしも何も文句はないわ」

よもや銀太の返答が正しかったとは。忠次は胸を撫で下ろし、ほっと安堵の息を漏らした。

「……だけど、相手が碌でもない男だったら話は違うわ。結局、相手次第ってことね。だから、話が出ている男を今からこっそり見に行こうと思うの。ちゃんとどこの誰かまで聞いてきたわ。芝(しば)にある蠟燭(ろうそく)問屋、会津屋(あいづや)の次男坊よ。丸亀屋さんは仏具屋だから、仕事での付き合いがあるみたいね」

忠次は吐き出した息を呑みこんだ。お紺が何しにここへやって来たか、分かりかけてきた。

「お紺ちゃん、もしかして、おいらたちもついて来いって言うつもりじゃ……」

「もちろんよ。あたしのような箱入り娘が一人でふらふらと行けるわけないでしょう」

いや、あんたここまで一人で来ているし、それにさっき自分は偽者だと認めていたじゃないか……と忠次は思ったが、口にする度胸はなかった。多分、新七や留吉も同じだろう。銀太だけは何も考えずに言ってしまいそうだが、黙っているところを見ると、もう行く気になっているのかもしれない。

「ちょっと待ってて」

忠次はお紺にそう告げて、他の三人を少し離れた場所へ導いた。お紺の顔色をちらちら見ながら小声で話す。

「どうする?」

「おいらは構わないよ」

銀太がすぐに頷く。やはり行ってもいいと考えていたようだ。

「俺はちょっと無理かな。うちの手伝いをしなくちゃ。後で店の前に水を打っておくようにって頼まれているんだ」

新七はそう言って首を振った。

「おいらも駄目だよ。もう少し経って日が傾いてきたら、弟や妹がわらわらと家から出てくるから。柿の木に登ったり、棒切れでつつき合って遊んだりしたら危ないから、そうしないように見張ってなくちゃ」

留吉も断った。

「ううん、おいらもやめとこうかな。暑いし」

三人の言葉を聞いた忠次は空を見上げた。日差しが強いので目を細める。さすがに倒れたりはしないだろうが、かなり疲れるのは間違いない。面倒だ。

「何だよ、またおいらだけ仲間外れかよ」銀太が口を尖らせた。「しょうがないな。それならおいらも残るよ」

意見はまとまった。お紺には一人で行ってもらおう。そう告げると多分、また男のくせに云々と文句を言われるだろうが、仕方がない。

お紺へ目を向けると、明らかに苛々（いらいら）している様子が見て取れた。

「ちょっと、早くしてよ。男のくせにぐずぐずしてるんじゃないわよ」

やっぱりだ。どう転んでもそう言われてしまうのだ。

「いや、その……おいらたち色々と用事があるし……」

「暇そうじゃない。特に忠次ちゃんと銀太ちゃん。あんたたちは何も用はないでしょう」

「でも……もし遅くなったら大家さんに叱られるから……」

「芝ならそう遠くないから、日暮れ前には帰ってこられるわ。さっと行って、乙次郎（おとじろう）さんって人の様子をぱっと見て、すぐに戻ればいいのよ」

「だけど、こう暑いと……、ふぇ？」

意外な人物の名がお紺の口から飛び出してきたために忠次は思わず変な声を上げてしまった。

「お紺ちゃん、その、乙次郎さんって……」

「お千加ちゃんの縁談相手にあがっている人よ。会津屋の次男坊の」

「……ごめん、もうちょっと待って」

四人の男の子たちは、再び顔を突き合わせた。

「乙次郎だってさ。この間かくれんぼをした時に留ちゃんが耳にしたのと同じだよ」

「確かにおいらが聞いた名だ。多分、儀助さんの幽霊が言ったんだと思うけど」

「どうしよう。やっぱり会津屋さんへ行ってみた方がいいんじゃないかな」

「ううん……」

留吉がお多恵ちゃんの祠の方を見た。すぐに顔を戻し、大きくかぶりを振る。

「それなら、なおさらおいらは行けないよ。弟たちの面倒を見なけりゃってのもあるけど、それより、もし行ったらきっと何か出そうな気がするんだ。そうなると今度はおいらが『見る』ことになる。だから、ここで大人しくしてるよ」

もうすでに今回も銀太が仲間外れになるに決まっているといった口調だ。これには銀太が少しむっとした顔をしたが、忠次も新七も気に留めなかった。

「そうだね。留ちゃんは残った方がよさそうだ。おいらと銀ちゃんは行くとして、新ちゃんはどうしようか。お店の前に水を打つだけでいいならすぐに済むから、待っていようか」

「うん……いや、俺が代わりにここに残るから、留ちゃんが行った方がいいと思う」

新七は晴れ上がった空を見上げながら言った。留吉が目を見張って新七の顔を見る。

「ちょっと新ちゃん、どうしてそんなこと言うんだよ」

「留ちゃん、びくびくしながら待っているから夜もぐっすりと寝られないって言っていただろう。だったら早く見ちゃった方がいいよ。ましてや今は昼間だ。明るいうちに出遭えるなら運がいい。それに会津屋に行ったところで幽霊が出るとは限らないけど、もし出たとしたら、留ちゃんはここにいても見る羽目になるんだよ」

「そ、そうだった」

春に幽霊に出遭った時、「見る」順番に当たっていた留吉が一人だけ長屋に残っていたことがあった。すると留吉は気を失い、夢という形で幽霊の姿を見せつけられたのである。

「それなら、おいらも行った方がいいな」留吉は納得した表情をした。「だけど、そうなると弟や妹の面倒を見るのが……」

「俺が代わりにやっておくよ。危ないことをして怪我をしたりしないように眺めていればいいんだろう。楽なもんだ。それにちょっと試してみたいことがあるんだよ。留ちゃんの時は『見る』順番に当たっていたけど、『聞く』順番の人がここに残っていたらどうなるか気になるんだ。やっぱり離れていても聞こえるのかな。どんな感じで耳に入ってくるんだろう」

そんなことを知ってどうするのだと忠次は思ったが、本人が望んでいるのだから特に言うことはなかった。新七が残り、忠次と銀太、留吉が会津屋に向かうことで決まりだ。

おいらは今回、「嗅ぐ」順番に当たっている。できれば線香の匂いのような、優しい香りが漂ってきてくれればいいのだが、と思いながら、忠次はお紺の方へと顔を向けた。

二

忠次と銀太、留吉、そしてお紺の四人は会津屋のすぐそばまで来て立ち止まった。

さすがに「乙次郎という人の面を眺めに参りました」などと言いながら堂々と店に入っていく肝っ玉は持ち合わせていない。向かいの店の脇に奥の裏長屋へと続く路地を見つけたので、そこへ身を潜める。

「……店の上がり框に男の人が腰をかけているのが見えるけど、まさかあれが乙次郎さんじゃないでしょうね。やだわ、あんな毛虫みたいな人」

建物の角から首を出して会津屋を覗き見たお紺が、かなり嫌そうな声で言った。別にお紺ちゃんの縁談相手じゃないんだからと思いながら、忠次もお紺の背中越しに首を伸ばす。

なるほど、確かに随分と毛深い男が座っている。袖口から出ている腕も、着物の裾から覗いている脛も毛むくじゃらだ。髭も濃い。そんな男が、ここからでは戸の陰に隠れて見えないが、奥にいる誰かと話している。たまに顔を横に向けるので、そちらにも誰かいるようだ。

男は腕組みをし、厳つい顔をさらに顰めながら喋っている。貫禄があるというか、居丈高な印象を受ける。毛虫みたいなのは嫌だというお紺の好みはともかく、感じの悪い人物なのは間違いない。しかし……。

「お紺ちゃん、乙次郎さんは幾つくらいの人なの？」

「他所の店に十年余り修業に出ていて、戻ってきたところと聞いたわね。そうすると、二十五、六って辺りかしら。儀助さんと比べると若いわね」

「だったらあの人は違うよ。どう見ても四十過ぎだ」

「世の中にはね、老けた若者もいるのよ。あんたたちの住んでいる溝猫長屋の大家さんも、きっとそうだったに違いないわ」

それは分かる。大家の吉兵衛にも若い時分や子供だった頃があったのだと言われても、にわかには信じられない。実は小さい時から爺さんでした、と言われた方がよほど素直に受け入れられる。

「だけど、あれはやっぱり乙次郎さんじゃないと思うよ。上がり框に腰を下ろしているんだし、あの様子だとお客さんだね。奥にいるのが店の人じゃないかな。もしかしたら、それが……」

乙次郎さんかもしれないよ、と忠次は言おうとしたが、その言葉を呑みこんだ。慌てて建物の陰に体を隠す。毛深い男の横に座っていた人が心持ち体を傾けたので、戸の陰からわずかに姿を覗かせたのだ。その横顔を見たお紺や銀太、留吉も一斉に「あっ」と声を上げて首を引っ込めた。

「今の……弥之助親分だよね」

「うん、間違いない」

「どうしてこんなところにいるんだろう」

三人の男の子たちが戸惑う中で、一人お紺だけが納得したように頷いた。

「さすが親分さんだわ。お千加ちゃんの縁談相手にあがった人の名が乙次郎だと聞き込んで、さっそく調べに来たのね」

儀助の幽霊が現れた時に留吉が「おとじろう」という声を聞いたことは、ここへ来る道々お紺に話してある。

「そうすると、きっとあの毛虫男はここの土地の岡っ引きの親分さんね。縄張りが違うから、弥之助親分はまずそちらに話を通して、それから一緒に来たってところでしょう。良かったわ、お千加ちゃんの相手があんな毛虫じゃなくて」

「ふうん」

お紺の言う通りだろう、と考えながら忠次はまた会津屋を覗いた。弥之助親分は再び戸の陰に隠れてしまっていたが、今度は奥にいる店の人が身を乗り出すようにしたので、その姿を見ることができた。

初老の男だった。年回りから考えて、恐らく乙次郎の父親だろう。会津屋の店主だ。

「話しているのはあの三人だけみたいだね。乙次郎さんの姿はないようだ」

土地の親分さんが会いに来ているのだ。もし乙次郎がいるのならすぐに呼び出すだろう。そうしないところを見ると、乙次郎は今、会津屋にいないのかもしれない。

「だったら親分さんたちも、さっさと帰ればいいのに。それとも乙次郎さんはすぐに戻ってくるのかしら」

お紺が首を傾げた。腑に落ちない点があるらしい。

「あっちの毛虫の親分さん、随分と機嫌が悪そうね。何か気に食わないことがあるみたい。もう少し近くに寄ったら、声が大きそうだから外にまで話しているのが聞こえそうだけど。でもあたしたち四人がみんなで行ったら目立っちゃうわね」

「それならおいらに任せてよ」留吉が声を上げた。「そういうのは得意なんだ」

　留吉は素早く左右に目を配った。まだ日が高くて暑いせいだろう、辺りに人影がない。それを確かめると、するするっと通りを渡った。抜き足差し足、という風ではなく、素早くて軽い動きだった。それでいて足音はまったく立てない。たいしたものだ。お前は忍びの者か、と舌を巻きながら忠次はその後ろ姿を見送った。

　会津屋の建物の横に取り付いた留吉は、そこから壁伝いに動いて、戸口のすぐそばまで行った。そこは日陰になっているので、店の中から見ても影は映らない。そこでしゃがみ込み、やはりしっかりと通りに目を配りながら聞き耳を立て始めた。まったく隙がない。

　しかし、戸のすぐ向こう側には弥之助がいる。何かの拍子に出てきたりはしないだろうかと、忠次は息を呑みながら留吉を見守る。

　店の中では相変わらず毛むくじゃらの親分が勢い込んで店主に向かって喋っている。それに合わせるかのように留吉は、うんうんと頷くような仕草をたまに見せている。中の声がよく聞こえているようだ。

　しばらくすると留吉が立ち上がり、音を立てずに静かに戻ってきた。残っていた三人に向かって小声で話す。

「やっぱりあの毛深い人は、ここの土地の岡っ引きの親分さんだ。話しているお店の人は会津屋の店主で、乙次郎さんの父親だよ。なんか、一昨日(おととい)の晩から乙次郎さんは会津屋に帰っていないって言っているのが聞こえた。どこに行ったのか分からないみたいだ。それで親分さん二人が、必死に乙次郎さんのいそうな場所の心当たりを聞き出しているところだった」

「ふうん。その場所をあたしたちも知りたいわね。留吉ちゃん、もう一度お店に近寄って、話を聞いてきてくれないかしら」

お紺の言葉に、分かった、と留吉は頷いて、また音も立てずにするするっと通りを渡った。さっきと同じように戸のそばにしゃがみこんで、中の様子を探り始める。

と、突然、戸口の陰から弥之助が姿を現した。立ち上がっている。奥にいる店主に二言、三言声をかけて、毛むくじゃらの親分の肩を叩いた。どうやら会津屋から出るつもりらしい。

通りのこちら側から、忠次たちは手を振り、早く隠れろと留吉に知らせる。留吉も中の気配に気づいたようで、顔を強張らせながら腰を浮かせた。

ところが、そこで急に留吉の動きが止まった。戸惑ったような表情でこちら側の忠次たちを見ている。

――まずい、このままじゃ見つかる。

忠次はますます大きく身振り手振りを使って、留吉に動くように伝えた。その時、不意に鼻の奥に、つんと来る嫌な臭いが飛び込んできた。何かが腐ったような、思わず吐き気を催すような臭いだ。

鼻をつまみながら慌てて辺りを見回す。隠れている路地には忠次の他に、銀太とお紺がいるだけだった。さっきまでと何ら変わりはない。臭いの元となるようなものも見えない。

臭いを感じたのはわずかな間のことで、今はもう消えている。気のせいだったのかな、と思いながら忠次は会津屋へと目を戻した。

まだ弥之助は店の中にいた。戸口のすぐそばにいて表に出かかっていたが、そこで店主から何か話しかけられた様子である。やがて弥之助はまた戸口の陰へと姿を消した。再び上がり框に腰を落ち着けたようだ。

留吉は見つからずに済んだらしい。通りのこちら側にいる三人は、ふうっ、と息を吐く。

通りの向こうから留吉が素早く戻ってきた。

「ちょっと、なにやってるの。息が止まりそうになっちゃったじゃない。どうしてさっさと戻ってこないのよ」

さっそくお紺が文句を言う。

「ごめん、ごめん。ほら、さっきこの路地をおじさんが入っていっただろう。その人がちらっとおいらの方を見て、口を動かしたんだよね。何か言ったのかは分からなかったけど、おいらたちのことを咎めたんじゃないかと思って、それでちょっとびっくりしちゃってさ」

「変なこと言わないでよ。誰も来なかったじゃない。そんな見え透いた嘘で誤魔化そうとするなんて、まだまだ子供ね」

お紺は呆れたように首を振った。

「うん、おじさんどころか、猫の子一匹通っていないよ。留ちゃん、目を開けたまま寝てたんじゃないの」

銀太がからかうように告げた。

「そうだね。留ちゃん、暑さで頭がぼうっとして、幻を見たんじゃないかな。おじさんが入っていっただなんて、そんな気配すら……」

忠次も言いかけたが、そこで言葉を止めた。ちょっと待てよ、と首を傾げる。気配だけはあったかもしれない。

数日前においらは儀助さんの幽霊を見た。そして留ちゃんが声を聞いて、新ちゃんが臭いを嗅いだ。もし春の時と同じ順番でそれらが回ってくるとするなら、今度はおいらが何らかの臭いを嗅ぐはずだ。それなら、さっきわずかな間とはいえ感じたあの臭いは……。

「いいや、確かに入っていった」留吉が口を尖らせた。「ここにいた三人のすぐ横を通っていったよ。暑さでおかしくなっちゃったのはみんなの方だ」

「それなら、そのおじさんはどこへ行ったのよ」

「長屋の木戸口をくぐって、その先の路地をまっすぐ進んでいったよ。ずっと背中が見えていたから間違いない。それで、一番奥まで行って、右手の方へ曲がっていった」

「ふうん。つまり、どこかの部屋に入ったわけじゃないのね。長屋の奥まで行ったってことは、厠にでも入ったのかしら。いいわ、それなら、今からみんなで行ってみましょう。留吉ちゃんの言うのが本当なら、まだそこにいるはずだから」

「うん、そうしよう。おいらが嘘を吐いていないことがはっきりするから。おいらたち四人が待ち構えていたら、厠から出てきた時に、おじさん、きっとびっくりするだろうな」

嘘だと言われたり、寝ていたのではないかとからかわれたりしたことで、いつもは穏やかな留吉も少し頭に来たようだ。先頭に立ってさっさと歩き出した。

「ああ、ちょっと待ってよ」

忠次は慌てて止めようとした。このままではまずい。留吉が見たのは、生きている人ではないかもしれないのだ。

しかし忠次の声に気づかなかったのか、留吉は裏長屋の入り口の木戸をくぐって、ずんずんと奥へと進んでいってしまった。

「ちょ、ちょっと待って……」

お紺と銀太も、留吉の後ろからついて行く。こちらの二人には明らかに忠次の声が届いているはずだが、聞く耳を持っていないようだ。忠次はその場に一人、残されてしまった。

――ちぇっ、なんだよ。

忠次は舌打ちした。せっかく人が親切に止めてやろうとしているのに、誰もおいらの話を聞こうとしてくれない。銀ちゃんとお紺ちゃんはともかく、留ちゃんは「見る」順番に当たっているのだから用心しなけりゃいけないのに。

――まあ、本人が自ら突っ込んでいくのだから構わないか。

忠次はいくらかむっとしながらそう思った。それから、おいらは臭いにだけ気をつけて、と鼻をくんくん動かしながら、ゆっくりした足取りで裏長屋の木戸をくぐった。

三

留吉は足早に路地を進んだ。三人とも何を言っているのだと、むかっ腹を立てながら歩く。おいらは会津屋のすぐ近くまで寄って中の様子を探るという、危ない役目を担った。その労を少しもねぎらおうとせず、嘘つき呼ばわりしてからかうなんて、まったく頭に来てしまう。

ただ待っているだけの三人のすぐ脇を大人の男の人が通ったのは本当のことだ。決して嘘はついていない。顔だってしっかり覚えている。ひょろりとした感じの長い顔の男で、顎に大きなほくろがあった。間違いない。

そこまで考えたところで、留吉はふと首を傾げた。そんな人相の男の話を、どこかで聞いたことがあるような気がする。

「……あれ？」

長屋の路地の途中で立ち止まり、頭を捻る。ええと、確か……。

しかし思い出す前に、留吉の前をその人相の男が横切った。路地の奥の、左側の長屋の陰から現れ、右の方へ歩いて建物の陰に消えたのだ。ちょうど正面に来た時、ちらりとこちらへと顔を向けて口を動かした。やはり何を言ったのかは聞こえなかったが、今度も顎のほくろまではっきりと見えた。

ちょうどお紺と銀太が追いついてきたので、留吉は二人の方を振り向いて得意げに告げた。

「ほら、今の人だよ。おいらの言った通りだろう」

これで信じてくれるだろうと留吉は思ったが、お紺も銀太もぽかんとした顔をした。

「誰のことよ。どこにもいないじゃない」

「路地の先の、長屋の建物の向こうを左から右へと歩いていったじゃないか」

「見てないわよ。誰も通らなかった」

「嘘だぁ」

留吉はまた足早に歩き出した。勢いよく狭い路地を抜ける。ここは溝猫長屋と同じような造りだった。長屋の一番奥は少し広くなっていて、井戸や物干し場、厠や掃き溜めなどがある。

きょろきょろと見回して、先ほどの男の人を探す。厠は戸が下半分しかないので、覗けば中に人が入っているかどうか分かるが、空いているようだ。野良犬じゃあるまいし、掃き溜めの中にも当然いない。まだ日が高くて暑いからか、井戸端には男の人どころか長屋のおかみさん連中の姿すら見えない。とにかく人っ子一人、誰の姿もなかった。

通り抜けられるような裏木戸もない。不思議だ。男の人が消えてしまった。

留吉が呆然(ぼうぜん)としていると、背後からお紺が静かに告げた。

「ちょっと留吉ちゃん、あんたここに入ってくる前に、おじさんは右手の方へ曲がっていったって言ってたわよね。それなのにさっきは、左から右へと歩いていったって言った。それっておかしいじゃない」

「多分、気づかない間にそっちへ動いていていただけだよ」

「本当にそうかしら」

「もちろんだよ。お化けじゃあるまいし……」

留吉は、はっとした。自分が「見る」順番に当たっていたことにようやく気づいたのだ。怒りですっかり忘れていた。

あの男の人相をどこで耳にしたのかも思い出す。丸亀屋の元の店でかくれんぼをした時に、忠次が見た幽霊の顔だった。その後で弥之助親分に語っているのを横で聞いていたのだ。それは亡くなった丸亀屋の番頭、儀助の人相である。

もう一つ留吉は思い出した。お紺は決して悪い娘ではないが、少々性格に難があるのだ。

「お紺ちゃん……もしかして、とっくに気づいていたんじゃ……」

「当たり前でしょう。あんたたちといるとお化けに出遭うかもしれないって考えは頭の中に常にあるわ。当人であるあんたが忘れていたことにびっくりよ」

「それなら教えてくれれば良かったのに……」

「ここへ来る前に溝猫長屋で新七ちゃんが言ってたじゃない。早く見ちゃった方がいいって。良かったわね、明るい昼間のうちに見られて。でも残念だわ。あたしもちょっと見てみたいって思っていたんだけど。やっぱり祠にお参りしている人が順番に出遭うだけみたいね」

お紺はがっかりしたような口調で言った。

まったく意地悪だな、と留吉は閉口した。しかし一方で内心ほっとしていた。どうやらこれで「見る」という一番嫌な役目が終わったらしい。案外と軽く済んで良かった。

留吉がそっと安堵の息を吐いていると、傍らにいた銀太が突然大きな声を出した。

「臭ぇ。すごく臭ぇよ。やった、おいらが嫌な臭いを嗅いでいる」

嬉しそうな声だ。事情を知らない人が聞いたらただの変な子供である。

「よかった、今度はおいらが嗅ぐ番なんだ。仲間外れじゃないんだ」

「……銀太ちゃん、がっかりさせるようで悪いんだけど、それは多分、厠の臭いよ。あたしにも感じるから」

「えぇ……」銀太の表情がみるみるうちに沈んでいく。「何だよ、ぬか喜びかよ」

「嫌な臭いを嗅ぐのは、今回は忠次ちゃんの番でしょう。さっき何か言いかけてたみたいだけど、多分あれがそうよ」

お紺が後ろを振り向いた。留吉もそちらに目を向けると、長屋の狭い路地を忠次がのろのろと歩いてくるのが見えた。

——え？

留吉は目を見張った。忠次の背後の、長屋の木戸口の辺りに、一人の男が立っているのが見える。

——ええ？

さっき留吉が見たのと同じ男だった。つい今し方までこの辺りをうろうろしていたはずなのに、なぜか木戸口の方から現れた。そんなこと、生きている人間にできることじゃない。

——えええ？

男はひょろりとした長い顔をしていて、顎に大きなほくろがあった。儀助だ。間違いない。

――まだ終わっていなかったんだ。

留吉は逃げようとした。しかし足が動かなかった。声を出すことすらできない。

「忠次ちゃん、やけに遅いわね。さっき話を聞いてあげなかったから、不貞腐(ふてくさ)れているのかしら」

お紺が呑気な声で言うのが耳に入る。儀助の姿は見えていないらしい。

留吉がじっと見詰めていると、儀助が突然こちらに向かって歩き出した。その足の動きと進む速さが合っていない。まるで地面を滑っているようだった。たった一歩で三間くらい近づいてくる。とにかく速い。そして怖い。

儀助は一気に忠次の横をすり抜けた。忠次は立ち止まり、顔を顰めて鼻を動かしている。しかしやはり見えてはいないようで、周りをきょろきょろしている。

とうとう儀助が、留吉のすぐ目の前まで来た。そこでぴたりと止まり、腰を屈めて留吉の顔を覗き込んだ。

見えていない振りをしようと思ったが、目を逸らすことができなかった。目が合う。

儀助の両腕が伸びてきて、留吉の両肩をがしっとつかんだ。ますます顔を近づけてくる。

動けない留吉の目の前で、儀助の口が動いた。何かを言ったようだ。しかし留吉の耳に、その声は聞こえてこなかった。

突然儀助の顔が青黒く変わった。形も妙な具合になっていく。まるで溶けていくようだ。いや、腐っていくのか。

留吉の口から、それまで出なかった悲鳴がほとばしった。同時に体も動かせるようになる。渾身の力を込めて儀助の腕を振り払った。思ったより楽に肩から外すことができた。それどころか、儀助の片腕がもげて下にぽとりと落ちてしまった。

そこで再び留吉は悲鳴を上げた。そのまま後ずさりをする。儀助はもう足まで腐りかけていたのか、ぐしゃっと崩れるように地面に倒れ込んだ。

しかし、それでもまだ終わらなかった。儀助は残っている方の腕を前に伸ばし、這いずるようにして留吉の方へ近づいてくる。

逃げ場所を求めて留吉は周りを見た。厠が目に入る。急いでそちらへ走り、厠の後ろ側へと回り込んだ。

板塀と厠との間に、二尺ほどの隙間があった。筵(むしろ)があって、下に何か置かれているのか膨らんでいたが、構わずに乗り越えようと足を乗せた。

ところが、筵の下にあるものは思っていたより柔らかかった。足を取られ、留吉は転んでしまった。

儀助が迫ってきてはいないかと、転んだまま留吉は振り返った。儀助はいなかったが、留吉が足で引っかけたために筵がめくれ上がっていて、その下にあるものが目に飛び込んできた。

そこでまた留吉は悲鳴を上げた。筵の下には、若い男の死体が隠されていたのだった。

四

忠次、銀太、留吉の三人は、溝猫長屋の奥の、お多恵ちゃんの祠のそばの板塀に背をつけるようにして正座させられている。

目の前には鬼のような形相で睨みつけている大家の吉兵衛の姿があった。

「……なるほど、そうして死体を見つけ、びっくりして腰を抜かしていたところへ、留吉の叫び声に気づいた弥之助たちが駆けつけてきた、と。そういうわけだな」

「はい」

「この間の儀助さんに続いて二つ目か。犬も歩けば棒に当たると言うが、どうもお前たちが歩くと死体に当たるようだな。しかし、たとえ死体が出なかったとしても、少なくとも幽霊に当たるようになっているのは分かっているのに、どうしてふらふらと出歩くかね。しかもお天道様が照りつける暑い中に、だよ。下手したら倒れて、自分たちの方が幽霊になりかねん。それなのに、まったくお前たちと来たら……」

吉兵衛から説教を受けつつ、会津屋に行った際に起こった出来事を説明している最中である。一つ一つの事柄に対して必ず何か叱言を加えてくるので、遅々として話が進まない。ようやく最後までたどり着いたところだ。

気が付けばもうとうに日は沈んでいる。さっきまでにやにやと眺めていた年少の子供たちは三々五々自分の家へと帰っていった。今頃は晩飯を食っているだろう。見世物にならずに済むからそれはいいが、替わるように猫たちがわらわらと周りに集まっている。

溝猫長屋では、晩飯の片付けをした際に残り物があったら猫たちにやることになっているので、この時分になるとすべての猫がこの場所にやって来るのだ。いつもなら動きの激しい男の子にはあまり近づいてこない猫たちも、叱られている時は静かにしているせいか、やたらとちょっかいを出してくる。困ったものだ。

もちろん野良犬の野良太郎もいるが、こちらは吉兵衛が怒っているためか縁の下から出てこようとせず、顔だけ出して様子を眺めている。

「……弥之助がいたからさほど面倒なことにならなかったが、本来ならお前たちは番屋に今時分までずっと留め置かれて、お奉行所のおっかないお役人様から色々と訊かれていたはずなんだよ。そこで幽霊の話なんてしても相手にされないからね。下手をしたらお前たちが疑われて……なんてことになっていたかもしれない。そうなると親や儂のみならず、うちの町役人たちまでが出張っていかなけりゃならなかった。もう大事だよ。まったく、本当にお前たちと来たら……」

吉兵衛の説教は続く。しかし、その話の中身はまったく忠次の頭に入ってこなかった。猫がうるさいというのもあるが、それ以上に厄介な難敵がいるためだ。

蚊である。夏の夕方に表でじっと座らされているわけだから、当然大挙して襲いかかってくる。顔やら腕やらふくらはぎやら、もう体中あちこち刺されていた。吉兵衛の話などに耳を傾けている余裕はない。

「こらっ、忠次、ちゃんと顔をまっすぐ前に向けなさい」

「はいっ」

吉兵衛に怒鳴られ、忠次は姿勢を正した。その目の前を、一匹の蚊がぷぅんと羽音を立てながら飛んでいく。目だけを動かして後を追うと、隣に座っている銀太の頬にぴたりと止まった。ああ、叩き潰したい。

「……まあ、儂が迎えに呼ばれただけで済んだから良かった。ああ、それと岩五郎さんか。まったくあの男は、娘に苦労しているな」

岩五郎というのはお紺の父親である。吉兵衛と同様に呼び出され、お紺を連れて帰っていった。今頃はお紺も、その岩五郎から厳しい叱言を食らっているはずだ。

「とにかく、儂や弥之助は分かっているが、他所の者たちはお前たちが幽霊を感じることができるなんて知らないんだから。あまりふらふらと出歩いて、あちこちで騒動を起こしてもらっちゃ困る。しばらくは大人しくしていてだね……」

そう言いながら吉兵衛は空を見上げた。暗くなったのでもうそろそろ切り上げようと考えているのだろう。その吉兵衛の目が逸れた一瞬の隙を突いて、忠次は銀太の頬にいた蚊を叩き潰した。

驚いたことに、まったく同時に向こうから銀太の手が伸びてきて、忠次の額を叩いた。こちらにも蚊が止まっていたらしい。「ぱしっ」という音の後に「痛っ」という声が続く。それぞれは小さかったが、二人分なのでしっかりと吉兵衛の耳に届いてしまった。

「こらっ、人の話はちゃんと聞いていなさい。そんなことだからお前たちは懲りないんだよ。喉元過ぎれば熱さを忘れるで、少し経つとまた調子に乗って何か悪さをする。前に銀太が柿の木に登って落ちた時もそうだった。あれは確かお前たちが八つの時で……」

　また説教が始まってしまった。しかも昔の話を持ち出してきている。これはもう、終わりが見えない。

　うんざりした気分で忠次が溜息を吐いた時、「まあまあ大家さん」という声がして弥之助が長屋の路地から姿を現した。

「そろそろ止めにしないと子供たちが可哀想ですよ。だいぶ暗くなりましたし」

「いいや、まだまだ。叱るべき時に叱っておかないと駄目なんだよ。後にすると、自分がどうして怒られているか分からないってことがあるからね」

「犬の躾じゃないんですから……続きは明日にしていただけませんか。私も子供たちに訊いておきたいことがあって参りましたので」

　弥之助の後ろには新七が立っていた。今回は一人だけ長屋に残っていたので吉兵衛の説教を受けるという難は逃れたが、一緒に話をするために家から連れてこられたようだ。

「私の方も、教えてやりたいことがありますしね。厠の裏から出てきた死体のことです。大家さんも知りたいでしょう」

「ふむ」

　死体を見つけた後、子供がそんなものを見るのは良くないと、すぐに忠次たちは土地の自身番屋へと連れていかれてしまった。そこで吉兵衛が迎えに来るのを待ち、やって来た吉兵衛と溝猫長屋に戻って今に至っている。だから忠次など子供たちも、そして吉兵衛も、あの後どうなったのか詳しいことは知らないのだ。

「確かに儂も話を聞いておきたいな。よし、今日の分の説教は終わりにして、続きはまた明日にしよう。お前たち、もう立ち上がっていいぞ。足がしびれただろう」

ふえぇ、と声を出しながら忠次、銀太、留吉の三人は立ち上がった。一斉に体のあちこちを掻き始める。足のしびれなどどうでもいい。それよりとにかく痒(かゆ)かった。

「さて弥之助。とにかくまず、今日見つかった死体のことを教えてもらおうか。あれはいったい誰だったのだね」

「会津屋の次男坊の、乙次郎の死体でした」

「やはりそうか」

吉兵衛が頷いた。忠次も銀太や留吉と顔を見合わせ、互いに頷き合う。これについては、みんな同じことを思っていた。

「乙次郎はどうして死んだんだね。殺されたのか」

「筵の下に隠されていたくらいだから、まあそういうことです。腹を刃物で刺されていましたよ。留吉はそこまで見えなかったようだが、本当に良かったな。息が絶えた後でも何度も刺したと見えて、ぐちゃぐちゃになっていましたよ。それにこの暑さだから、もう腐り始めていましたしね」

うげっ、と留吉が声を上げた。聞いただけで気分が悪くなったようだ。そして忠次も顔を顰めた。乙次郎の死体はじっくり見ていないが、弥之助の言葉で、目の前で一気に腐っていった儀助の幽霊を思い出したのだ。あれは気味の悪い光景だった。

「それで、下手人は捕まったのかね」

「いえ、まだです。いったい誰に殺されたのか、まったく見当すらついておりません。乙次郎は一昨日の晩から姿を消していましてね。しかし酒好きで夜に飲みに出るのは珍しくなかったから、そのままどこかに泊まっているのだろうと、会津屋の人たちもあまり気にしていなかったようです」

「次男坊だからか、会津屋さんも扱いが甘いな。そんなだから殺されてしまうんだよ。もちろん、倅を亡くした会津屋さんは気の毒だと思うが……いいかね、お前たち。そんな風にふらふらと遊び歩いていると、碌なことがないんだよ。いずれはお前たちも酒を飲むようになると思うが……」

吉兵衛は子供たちの方を向いて言った。今日の分の説教は終わりにしたはずなのに、まだ叱言を絡めてくる。

「ええと、それでですね」

吉兵衛の話が長くならないように、弥之助が慌てて口を挟んだ。

「死体の傷み具合から、殺されたのは一昨日の晩に間違いないんでしょうが、長屋に住んでいる人に訊いたところ、特に言い争うような声は聞いていないんですよ。そうかと言って別の場所で殺されて運ばれたというわけでもなさそうです。そうなると、顔見知りの相手に殺されたのかもしれません」

そうだな」

「飲み屋で一緒になった人などを調べると見つかるかもしれないね。弥之助、お前も忙しくなり
「いやぁ、そっちは私の縄張りではありませんからね。乙次郎殺しについては、芝の親分さんが走り回ることになります」

ああ、あの毛虫の親分か、と忠次は会津屋で見た男の顔を思い出した。押しは強そうだが、あまり頭の働きが良さそうには見えなかった。少々心配になる。

「それより私は、儀助の方を調べなければなりませんのでね。こっちも誰が殺したのか分かっておりませんので。そこで留吉、お前に訊いておきたいのだが……今日お前が見た男の幽霊は、儀助らしいという話だったな」

留吉が頷く。弥之助が駆けつけた時に伝えてある。

「さっき忠ちゃんと話したんだけど、顔やほくろだけじゃなくて着物の柄なんかも同じだったし、それに消え方っていうか、あっという間に腐っていく様子も一緒でした。だから少なくとも、かくれんぼをした時に忠ちゃんが見たのと同じ人です」

「そうか。その時に散々、丸亀屋の者に確かめたからな。忠次が見たのと同じなら、それは儀助の幽霊だと考えて間違いないだろう。しかしそうなると次に気になるのは、その儀助が出てきた時に喋った言葉だ」

子供たちと吉兵衛が頷いた。

かくれんぼの時は、儀助が「おとじろう」と呟くのを留吉が聞いている。そうして今日、会津

屋の向かいにある長屋で「乙次郎」の死体が見つかったわけだ。

その死体を見つける前に留吉は儀助の幽霊に遭った。口を動かしていたという。しかし、その声は留吉の耳には入ってこなかった。あくまでも留吉は「見る」だけだったのだ。今回、「聞く」番に当たっていたのは……。

その場にいた者の目が、一斉に新七へと向けられた。

「なあ新七。お前は今日ずっとこの長屋にいて、留吉の代わりに年少の子供たちの面倒を見ていたそうだが……、何か妙な声を聞かなかったか」

新七は勿体ぶっているのか、ゆっくりと忠次や銀太、留吉、そして吉兵衛の顔を見回してから弥之助の方を向き、口を開いた。

「……なおた」

「うん?」

「俺は他の三人がお紺ちゃんと行ってしまった後、のんびりとうちの店の前に水を打っていたんです。すると、留ちゃんの家から小さい子がわらわらと出てきて。それで、まだお天道様が高くて暑いのに、もう遊びに出てきたのかよって思いながら急いで手桶や柄杓を片付けて、そいつらを追いかけるために長屋の路地を走ったんです。その途中で、ふっと耳元に『なおた』っていう声が聞こえてきて……」

「ふうむ。『なおた』か。やはり誰かの名前だな。そんな子供はこの長屋にいませんよね」

吉兵衛に顔を向けて弥之助は訊ねた。吉兵衛は大きく首を振る。

「子供だけじゃなく、大人でもいない」

「そうすると、路地の先で他の子供たちやかみさん連中が喋っていたのが聞こえてきた、というわけでもないのかな」

弥之助は新七へと顔を戻した。そして目や声に力を籠めて訊ねた。

「新七、決して疑うつもりはないが、事が事だけに念のためしっかりと確かめるぞ。本当に間違いはないか。空耳とか、あるいは別の言葉を『なおた』と聞き間違えたとか。そういうことはないだろうな」

新七は力強く頷いた。

「その後、留ちゃんたちが今いる板塀の前辺りに立って小さい子たちが遊んでいるのを眺めていたんだけど、その時にまた聞こえたんです。大人の男の人の声で『なおた』って。慌ててきょろきょろと見回したけど、周りに大人はいなかったし、声もそれきりだった。それで向き直って、しばらく留ちゃんの弟や妹を見ていたら、また『なおた』って声が耳元でして。三度も聞いたのだから確かです」

新七のことだから間違いないだろう、と忠次は思った。それに数も合う。

昼間、留吉はまず長屋の入り口の所で忠次たちのそばを儀助が通り過ぎるのを見たが、その時に儀助は留吉の方を向いて何か言ったそうだ。それが一度目。それから、長屋の路地の先を左から右に通り抜ける時に、留吉の方を向いてやはり口を開いたらしい。それが二度目だ。最後に、肩をつかまれて目の前で喋ったという。これで三度である。そのたびに声は、離れた場所にいた新七へと届いていたようだ。

「ふむ。それなら、『なおた』で決まりだ」

弥之助は表情を緩めて新七に向かって頷いた。それから、すぐに厳しい顔に戻って吉兵衛に言った。

「最初に儀助の幽霊が出てきて、『おとじろう』と告げたという話を聞いた時、私はてっきり、儀助の幽霊は自分を殺した相手の名を教えようとしたのだろうと考えました。ところが今回、その『おとじろう』という名の人間が死体となって見つかってしまった。これはどういうことなんでしょうね」

「さて、そんなことを訊かれても儂には分からないよ。だが、まだお前の考えが間違いだったと決まったわけじゃないだろう。儀助を殺したのは死んだ乙次郎で、その乙次郎は、『なおた』に殺されたのかもしれない」

「もちろん、その通りです。しかし、それなら今回、なぜまた儀助の幽霊が出てきたのか。乙次郎なら分かるんですよ。自分を殺したのは『なおた』ですって教えに出てきたって考えることができますから。しかし現れたのは儀助だった」

むむっ、と唸って吉兵衛は黙り込んだ。盛んに首を捻っている。しかし、良い答えが何も浮かばないようだ。

忠次も少し頭を巡らしたが、すぐに諦めた。弥之助や吉兵衛が無理なのだ。頭の出来が良い新七も黙っている。自分や留吉、ましてや銀太には分かりっこない……などと思っていると、意外や意外、なんとその銀太が口を開いた。

「ねえ、親分さん。儀助さんが告げる名前って、殺している人じゃなくて、殺される人なんじゃないかな」

「どうして儀助が、そんなことをするんだ?」

「親切な幽霊なんじゃないの、儀助さん。だから教えてくれるんだ。次は乙次郎さんが死にますよ、気をつけてくださいって」

「なんだそりゃ」

忠次や留吉、新七、そして吉兵衛が一斉に声を上げた。間抜けな答えだ。まず、親切な幽霊というのが呑気すぎる。それに儀助は、そんなことをする前にさっさと自分を殺した下手人を教えてくれた方が良かったではないか。もし儀助を殺したのと乙次郎を殺したのが同じ人物だったら、それで乙次郎の死は防げたかもしれないのだ。違う人物だったとしても、乙次郎の名とともにそいつの名前も告げれば良かった。本当に親切なら、そうするはずだ。

「銀太……」

忠次たちは呆れ果てた目を向けた。しかしただ一人、弥之助だけは、うむ、と頷いた。

「今回は、次に死ぬのは『なおた』だから気をつけろと教えに出てきてくれたわけか。それなら私がしなければならないのは、とにかくその『なおた』という人物を見つけることだな。殺されてしまわないように」

「おい弥之助。まさか銀太の言うことを真に受けるのかい」吉兵衛が驚いたように言う。「いくらなんでもそれは、どうかと思うぞ」

「いや、あながち悪い考えじゃないと思いますよ。儀助という男は優しい人だったって丸亀屋の市左衛門さんも言っていましたしね。それに、いずれにしても『なおた』については探さなければなりません。なにしろ……」

弥之助は長屋の敷地の隅の、板塀の角になっている場所へ目を向けた。そこにはお多恵ちゃんの祠がひっそりと鎮座している。

「かくれんぼの時は、忠次が『見る』で留吉が『聞く』で新七が『嗅ぐ』だった。今回は留吉が『見る』で新七が『聞く』で忠次が『嗅ぐ』です。そもそも子供たちが幽霊に出遭うのはあの祠のせいですが、これで終わりだと中途半端だ。お多恵ちゃんがどこへ導いていこうとしているかは定かではありませんが、少なくとももう一度は、何かが起こるような気がします」

「ああ、次は俺が見る番なのか……」

弥之助の言葉を聞いた新七ががっくりと肩を落とした。すでに一番嫌な「見る」を済ませている忠次と留吉は、ほっとした表情をして、にこっと笑った。そしてまだ何も起こっていない銀太は、むっとした顔をして文句を言った。

「少なくとももう一度って、それって、忠ちゃん、新ちゃん、留ちゃんの三人で残っているやつに順番が回るってことでしょう。つまり弥之助親分は、次もおいらが仲間外れにされるって考えているわけだ。酷いよ」

「ああ、いや、そんなことは……」

これはまずいことを言ってしまったようだと、弥之助は助けを求めるように吉兵衛の方を見た。しかし吉兵衛は、素知らぬ顔でそっぽを向いてしまった。

「立派な大人が、いたいけな子供が苛められているのを見て見ぬふりをするだけじゃなく、一緒になって仲間から外そうとするなんて、あんまりだよ。世間から親分と呼ばれるような人は、もっと広い心を持たなきゃ駄目なんじゃないの」

銀太はよっぽど仲間外れにされるのが嫌なんだなぁ、と思いながら忠次は二人を眺めた。あの悪戯者で叱られてばかりの銀太が、「泣く子も黙る弥之助親分」に説教している。親分の方も自分に非があったと認めているのか、「うむ、その通りだ。本当に済まなかった」と言って首を竦めている。

かなり奇妙な光景だ。そのため辺りをうろうろしていた猫たちが異変を感じとって色めき立った。縁の下にいた野良太郎がそろそろと這い出してきたと思うと、路地を脱兎のごとく駆け逃げていった。晩飯を終えて夕涼みに出ようとしていた長屋の住人が、一瞬だけ顔を出してまた部屋の中に戻っていった。

吉兵衛が忠次や新七、留吉に目配せして、それから路地をぶらぶらと、自分の家の方へと戻っていった。今日はこれでおしまい、お前たちも早く帰れということだろう。

忠次たちは頷き合い、足音を立てないようにそっとその場を離れた。後ろで銀太がくどくどと弥之助に文句を言う声が聞こえ続けていた。

三つ目の死体と三人目の名

一

丸亀屋が移った新しい方の店は通りに面しており、たいそう立派な構えをしていた。

それでも、あの溝猫長屋の子供たちがかくれんぼをした元の店と比べると、いささかこぢんまりとした感はあるかな、などと考えながら、弥之助はその周囲や、店に出入りする人間を眺めている。

雑木林のすぐ脇にあるという、町の端にあった元の店とはさすがに勝手が違う。同じように蔵が裏手に見えるが、店の建物にくっつくように建てられている。その向こうにある一軒家に店主の市左衛門の家族が住んでおり、丸亀屋で働いている女中も夜はそちらに寝ていると聞いている。その辺りも元の店と同じだが、そちらも小さくなっているように見受けられた。やはり土地が少し狭いのだろう。

——それでも、十分に大店であることには変わりがないがね。

弥之助は目を店先へと転じた。手桶と柄杓を持った丁稚(でっち)が一人いて、店の前の通りに水を打っている。照りつける強い日差しで道がすっかり乾ききっており、水がすぐに染み込んでみるみるうちに元の色へと戻っていく。この暑さじゃしょうがないよな、と弥之助はうんざりした気分になった。

水を撒いている丁稚はまだ丸亀屋で働き出してから間もない。だから顔は分かるが、名前までは弥之助も知らなかった。自分の縄張りにいる者の名は頭に叩き込んでおいた方がいい、後で確かめておかねばなるまいと思いながら、店の中へと目を移した。

夏の昼間のことだからか、客は一人もいなかった。仏壇や仏具が並んで置かれている店の土間の向こうの帳場に、四十も半ばを過ぎたくたびれた感じの男が座っている。

こちらは弥之助もよく知っていた。丸亀屋で長く番頭を務めていた、彦作という男である。三年ほど前に勤めを終え、その後は嫁を貰うでもなく、また暖簾分けをして自分の店を出すこともなく、貯め込んだ金で青山の外れの田んぼの中に一軒家を借りて隠棲したという変わり者だ。しかし半年前に儀助が行方知れずになり、店の切り盛りを任せられる者がいなくなったので、市左衛門が頭を下げて頼み込み、再び戻ってきてもらったと聞いている。わざわざ青山から通ってきているそうだ。

——あの人、苦手なんだよなぁ。

弥之助は顔を顰めた。大店の番頭まで上り詰めた男だ。客あしらいに長けていることは間違いない。しかし、そのわりに弥之助への扱いがひどくぞんざいなのである。実際にはそんなことはしないが、話していると手でしっ、しっ、と追い払われているような気分になる。吉兵衛と同じように、岡っ引きなど人間の屑がする仕事だと考えているらしい。

はあぁ、と弥之助は一つ溜息を吐いてから足を踏み出した。歩きながら丸亀屋に勤めている奉公人たちの顔を思い浮かべる。以前は、亡くなった儀助の下に三十過ぎの手代が一人いた。本当ならその男が番頭に上がっているはずだったのだろうが、体を壊して昨年の春頃に故郷へ帰ってしまった。だから今は、まだ三十手前の清八が、彦作を除けば一番上になっている。

清八といえば子供たちが元の店でかくれんぼをした時に子供たちを招き入れた男である。商家の勤め人にしてはがっしりとしていて力がありそうだ。それに愛想もいい。しかしさすがにまだ若いからか、店を任せるまではいかないと市左衛門は考えているようだ。多分、三十代の半ばくらいになるまでは彦作の下で鍛えるつもりなのだろう。そうなると、あと四、五年はこの彦作さんと付き合うことになるのか、と弥之助はますますうんざりした気分になりながら、戸口をくぐって丸亀屋の中に入った。

「おや、これは親分さん。お勤めご苦労様でございます」

弥之助に気づいた彦作が、にこりともしないで言った。帳場に座ったままで姿勢は崩さず、仏頂面の顔だけを弥之助に向けている。

「儀助や会津屋の乙次郎さんを殺した下手人はまだ見つかりませんか。一日でも早く捕まってもらいたいものです。そうでないと夜もおちおち寝ていられません。ああ、いや、親分さんが懸命に駆け回っているのは存じておりますが」

上がり框に座ろうとした弥之助に向かって彦作は言葉を続ける。相変わらずむすっとした顔で、愛想笑いすら浮かべない。それをするのがお前の仕事だ、こんなところで油を売っている暇はないだろうと暗に言っているようだ。

「……うむ、そうだな」

弥之助はそのまま腰を下ろした。嫌味を言われるのは初めから分かっていたことだ。いちいち動じてはいられない。

「その件で、今日は市左衛門さんに話があってきたのだが」

「お忙しいところ、まことに申しわけないのですが、旦那様はただいま留守にしております。間もなく戻るとは思いますが、いつになるかまではっきりと申し上げられません」

「それなら待たせてもらうよ」

「ほう、お忙しいのにここでお待ちになりますか」

彦作が目を丸くし、体を後ろに反らした。驚いたような仕草だが、明らかにわざとらしい。

「きっと今も大手を振って江戸の町を歩いているであろう殺しの下手人を探さなければならない身でありながら、いつ戻るとも分からない旦那様をお待ちになるとは。いや、本当に申しわけありません。お忙しいのに」

畳みかけてくるねぇ、と弥之助は苦笑いを浮かべた。嫌味もここまであからさまになると、ちょっと楽しくなる。

弥之助の表情を見た彦作は、ふん、と一つ鼻を鳴らし、それから顔を横に向けて店の奥へと声をかけた。

「おうい、清八。ちょっと来なさい」

すぐに奥から清八が現れ、弥之助に軽く頭を下げてから彦作の方へ顔を向けた。畏まった様子で、顔も心持ち強張っているように見える。きっと清八も、この彦作が苦手なのだろう。

「親分さんが、わざわざこちらで旦那様の帰りをお待ちになるそうだ。客間にお通ししなさい。昼日中の暑い中、忙しくあちこちを歩き回っていなさるからね。足を濯ぐ湯を用意して、茶の支度もするように」

「この暑さなら冷たいものの方がよろしいのでは」

「お忙しいのに、そんなものをお出しして腹でも下されたら大変だ。舌をやけどするくらいとびっきり熱いのをお出ししなさい。それから……」

清八へ色々と命じる彦作の言葉が続く。このまま聞いていると、そのうち「帰った後で撒くための塩を用意しろ」などと言い出しそうだ。そうならないうちに裏口に回った方がいいだろうと、弥之助は腰を上げた。


「あの彦作さんの下で働くのは大変だろう」

客間へと通された弥之助は、清八にそう訊ねた。

「いいえ、決してそのようなことはございません。もちろん、たまには叱られることもありますが、それは私が至らないせいでございますので」

清八はにっこりと笑った。

「ふうん」

弥之助のような他所者に自分の店の者の悪口を言うはずはないが、それにしても立派な返答である。ちょっとくらい愚痴を漏らしてくれた方が面白いのに、と思いながら弥之助は腰を下ろした。

「それよりも親分さん、儀助さんの件はどうなっておりますでしょうか。下手人は見つかりそうですか」

清八が眉根を寄せ、いくらか小声になってそう訊いてきた。

「うむ、それについては謝るしかないな。正直、まったく調べが進んでいない。何しろ儀助が行方知れずになったのが半年も前だから、怪しい者を見なかったかと訊ね歩いても、さすがに誰も覚えていなくてね。済まないな」

町奉行所の役人も、新たに見つかった会津屋の乙次郎の件にかかりっきりだ。そちらは殺されてまだ間もないので手間をかけるのは当然だが、そのせいで儀助の方はほとんど忘れられている。

「さようでございますか」

はあ、と息を吐き出して清八は肩を落とした。

「……いえ、もちろん親分さんが懸命に歩き回っていらっしゃるのは存じております。ですから親分さんに不満や文句を申し上げるつもりは一切ございません。ただ乙次郎さんのこともあって、うちのお嬢さんがふさぎ込んでいる様子なので……」

「ああ、お千加さんか」

弥之助は頷いた。自分の婿にと名のあがった人間が立て続けに殺されているのだ。それで元気でいろというのは無理な話である。

「そうすると、お千加さんは家に閉じ籠りっきりなのかい」

「はい。たまにはどこかに遊山に歩くとか、芝居見物に行くとかした方がいいのかもしれませんが、さすがにそんな気にはならないようでして」

「そこまでしなくても、誰かとお喋りをするだけで気が紛れていいんだろうが……しかし友達も訪ねてきづらいだろうしなぁ」

番頭が殺された店である。お千加と同じ年頃の娘なら気味悪く感じて、とても丸亀屋に足を向ける気にならないだろう。

「はあ。ただ、一人だけ年じゅう顔を見せているお友達がいらっしゃいます。明るい笑顔でお嬢さんを励ましているので、旦那様も感謝しているご様子で」

「ふうん。こういう時に力になってやれるのが真の友達だな。まだ若い娘だろうに、立派なものだ」

盆に茶を載せた女中が部屋に入ってきたので、二人の会話はいったんそこで途切れた。せっかくだから口をつけようと弥之助は湯呑みに手を伸ばしたが、ほんのちょっと触れただけですぐに引っ込めた。本当にとびっきり熱いのを持ってきたようだ。改めて少しだけ手で持ち上げ、背中を丸めて顔の方を近づけていく。気をつけないと火傷（やけど）してしまう。

女中が部屋を出ていったので、再び清八が口を開いた。

「おっしゃる通り、本当に立派だと思います。隣町にある、菊田屋という質屋のお嬢さんなのですが……」

「熱いっ」

せっかく慎重に口をつけようとしたのに、一気に啜り込んでしまった。舌がひりひりする。

「……そりゃお前、お紺ちゃんのことかい」

「さすが親分さん。ご存じなのですか」

「うん、まぁ、仕事柄ここら辺の人間のことは知っておかなけりゃいけないからな」

あの娘なら確かに平気な顔で訪ねてきそうだ。そしてお千加を励ましつつ、儀助や乙次郎のことを根掘り葉掘り訊いているに違いない。

あまり首を突っ込むなと釘を刺しておいた方がよさそうだが、あのお紺のことだから耳を貸さないだろう、と考えながら弥之助は再び湯呑みに顔を近づけていった。さっきと同じ失敗をしないように、まずふぅふぅと息を吹きかけて冷ます。

「……そうそう、それで思い出した。聞いておきたいことがあったんだ。店の前で水を打っていた丁稚さん。まだこの店で働き出して間がないと思うが、なんていう名だい？」

そう訊ねてから、そろそろいいだろうと弥之助は湯呑みに口をつけた。

「ああ、あれは直太という小僧でして」

「熱いっ」

今度は啜り込んだ茶を吹き出してしまった。さらに湯呑みも倒してしまい、手に大量の茶がかかる。これは本当に熱い。

「ああ、すぐに何か拭くものをお持ちします」

「いや、いい。お盆の上だから畳は無事だ。それより清八、もう一度言ってくれないか。店の前にいた丁稚の名は……」

「直太です」

弥之助は立ち上がった。すぐに部屋を出て、店の裏口へと向かう。あの丁稚を見張るように、手下たちに命じなければ。

「どうかなさいましたか」

慌てて追いかけてきた清八が驚いた様子で訊いてくる。

「いや、詳しいことは教えられないのだが……」

履物を突っかけながら、弥之助は考えた。次に直太が殺されるかもしれないのだ、とまでは告げることができない。まだはっきりとそうと決まったわけではないし、そもそもそう考える理由が「子供たちが見た儀助の幽霊が名前を口にしたから」なのだから。

「……ただ直太のことを、よく気をつけて見ておいてくれないかな」

弥之助の言葉を聞いて、清八は眉根を寄せ、小首を傾げた。そうしてしばらく考え込んでから、分かりました、と答えた。

「つまり親分さんは、あの直太が、何か危ない目に遭うかもしれないと考えているのですね」

なかなか勘のいい手代である。弥之助は少し感心した。

「親分さん、どうぞご安心ください。あれはまだうちに来て間もないので、用事を言いつけて他所へやるということもありません。それに夜は店を閉め切って、その鍵は私が持っております。一歩も外へは出られませんので」

「ふうん。お前さんがすべて取り仕切っているのか。彦作さんは……ああ、青山から通ってきていたんだったな」

「はい。住み込みの奉公人の中では私が一番上ですから。戸締りや火の元を確かめるのはすべて私の仕事になっております」

「そうか。とにかくあの丁稚のことを見守っていてやってくれ。ええと、念のために訊いておくが、この店には他に『なおた』という者は勤めていないよな。あるいは客とか、出入りしている職人や他の店の者の中に『なおた』という者は……」

清八は少し考えてから首を振った。

「ちょっと思い当たりませんが」

「そうか。それでは、私はこれで帰るから、丸亀屋の旦那によろしく伝えておいて……」

そう言いながら裏口の戸に手をかけようとした時、外の方から足音が近づいてきた。戸が開いて、丸亀屋の店主の市左衛門が顔を覗かせる。ちょうど出ようとしていた弥之助と鉢合わせになったので、市左衛門は目を丸くした。

「おや、親分さん。いらっしゃっていると彦作に聞いてこちらに回ってきたところなんだが、まさかもうお帰りですか」

「申しわけありません。急ぎの用ができたもので」

「さようでございますか。それは残念。実は私の方にも、親分さんの耳に入れておいた方がいいと思う話があったものですから。お千加の新しい縁談についてなのですが……。今日はそのことで先方に会っていたのですよ」

ううむ、と弥之助は唸った。早めに直太を見張るための手配をしておきたいが、市左衛門の話も聞いておかねばならない。

「……ええと、相手はどこのどいつですか。とりあえずそれだけ聞かせてください」

「うちから暖簾分けした店の、二代目の店主の兼蔵という男です。その父親は私がまだこの丸亀屋で手代をしていた頃の番頭だったんですよ。随分と世話になりました。ところがその人は昨年急に亡くなってしまい、それで倅が二代目として店と兼蔵の名を継いだのです。まだ独り者なのが幸いでした。お千加の婿にちょうどいい」

「そうすると、その暖簾分けをした店は潰してしまうのかい」

「いえ、兼蔵には正次郎という弟がいましてね。今は上方に修業に出ているんだが、来年辺り江戸に戻ってくることになっているんです。そこで、暖簾分けをした店は弟にやって、兼蔵はうちに婿に入ったらどうかと、そういう話を進めているのです」

「だったら弟の方を婿にすればいいのに」

「いや、上方でどんな風になっているか分かりませんから。兼蔵ならずっと江戸にいて、私や店の者が年じゅう会っているので人柄は知っている。とても真面目な男です。だから、その方がいいと考えまして……」

「ふうん」

とにかくお千加の次の相手が兼蔵という名であることは分かったので、弥之助は少しほっとした。もちろんお千加の縁談相手が続けて死んでいるので、そちらにも見張りを付けなければならないが、今は直太の方を先にどうにかしなければと考えた。

弥之助は軽く市左衛門に頭を下げ、急ぎ足で裏口を出た。

二

あくまでも耕研堂にいる間だけだが、ここ数日の銀太は大変に大人しく、前のように騒ぐことが少なくなった。

忠次も同様である。それに新七と留吉は元から真面目で、銀太や忠次にちょっかいを出されない限り真剣に手習に取り組む子だった。だから耕研堂は今、とても静かである。

それは忠次と銀太が幽霊に出遭うことを恐れ、手習を一生懸命やって一刻も早く溝猫長屋から出ていこうと考えているから……というわけでは、もちろんない。

この二人が静かにしているのは、耕研堂の床板や根太の傷みが激しくて、ちょっと歩くだけでぎしぎしと軋(きし)むからである。下手をすると踏み抜いてしまうかもしれない。実際に一度、この二人は床に大穴を開けている。

だから、蓮十郎に呼ばれて自分の書いたものを見せに行く際などは、もの凄くそっと歩く。自分の天神机まで戻る時にも同じだ。息を殺し、一歩一歩ゆっくりと慎重に足を運ぶ。

面白いもので、そうやって動くようになると、隣にいる仲間と喋る際にもやたらと小声になってしまう。何となく、大きな声や音を出すのが憚(はばか)られるのだ。忠次や銀太だけじゃなく、年少の子供たちもそう感じているようで、それで近頃の耕研堂は静かだというわけである。

「……なんか、息が詰まるよね」

忠次は隣に座っている銀太へ顔を近づけ、囁くように言った。

「早く大工さんを入れて、床板や根太の手直しをすればいいのに」

「そうだね。でもお師匠さんには、そのつもりはないみたいだよ」

銀太が不満そうに言う。

敷地から儀助の死体が出たために丸亀屋の元の店を使う話は駄目になったが、その後、耕研堂をいったん移すための場所を探している気配が蓮十郎から感じられなかった。どうも子供たちが静かにしているので、このままの方がいいと考えているような節がある。

「ねぇ、忠ちゃん。ここは思い切って、おいらたちがもう一度、床板を踏み抜いてみたらどうだろう。さすがに危ないと考えて、お師匠さんも腰を上げるんじゃないかな」

「ううん……」

忠次は首を捻った。そんなことをしたら間違いなく叱られるだろう。説教下手な蓮十郎だけなら構わないが、長屋の大家の吉兵衛まで出張ってくるような気がする。それで耕研堂の建物が直されればまだ救われるが、また穴を塞ぐだけに終わったらただの叱られ損だ。

「……その前にさ、おいらたちで耕研堂をいったん移すのによさそうな場所を探しておくのはどうだろう」

忠次はそう提案した。言った後で、それはいい考えだと思った。吉兵衛は確かに口うるさいが、それは子供たちが怪我をしたり危ない目に遭ったりしないようにと考えてのことなのだ。つまり、とても優しい糞じじいなのである。だから説教を食らっている最中にこの建物がいかに傷んでいるかを訴え、このままでは小さい子供たちが怪我をするかもしれないと告げれば、間違いなく吉兵衛はこちらの味方につく。その際、先に目ぼしい場所を見つけておけば、話がより滑らかに進むだろう。吉兵衛は「それならさっさと子供たちをそちらに移し、一刻も早く耕研堂の建物を直しなさい」と蓮十郎を説得するに違いない。

「うん、そうした方がよさそうだ」

忠次はすぐ前で天神机を並べて座っている新七と留吉の背中をつついた。後ろにいる忠次と銀太が身を乗り出すようにし、前にいる二人は背中を反らすようにして、四人は顔を突き合わせた。

「おいらたちで耕研堂を移すのによさそうな空き家を探そうと思うんだけど、どこかにいい空き家はないかな」

「あ、それなら心当たりがあるよ」

すぐに留吉が声を上げた。勢いはあるが、もちろん蚊の鳴くような小声である。

「古川町(ふるかわちょう)にあるから少し歩くけど、それでも一時だけ移るなら十分じゃないかな。川のそばの雑木林の中に、誰も住んでいない古びた一軒家があるんだ」

「へえ。それなら今日、手習が終わったらすぐ見に行こうか」

夏のまだ日が高いうちは、留吉の弟妹は家の中で過ごすので子守をしなくて済む。留吉に案内してもらうには早い方がいい。

「ええと、新ちゃんはどうする？」

忠次は新七の顔を見た。わざわざそう訊くのは、新七が何か家業の手伝いをする用事があるかもしれないからだが、もう一つ、今回は「見る」順番に当たっているからでもあった。下手にふらふら出歩いて、おっかない幽霊に遭ってしまったら不幸だ。

「もちろん俺も行くよ」新七はすぐに答えた。「どうせ見るなら明るいうちの方がいいに決まっている。それに今日は幽霊に遭わないと思うんだよね。古川町なら歩くと言ってもそんな遠くじゃないし、多分だけど、麻布の界隈を歩いている限りは平気だと思うんだ。丸亀屋さんを除いてだけど」

「ああ、なるほど。直太だね」

丸亀屋で最近になって働き始めた丁稚が「直太」という名だった、ということは、昨日の夕方、溝猫長屋に顔を出した弥之助から聞いていた。

もしかしたら弥之助は、詳しい話は吉兵衛だけにして、子供たちにまで漏らすつもりはなかったのかもしれない。しかし折あしく、その時ちょうど長屋に来ていたお紺に捕まって、根掘り葉掘り聞き出されてしまったのだ。忠次たちはそれを耳にしたのである。直太の身を案じて、丸亀屋の周りには今、弥之助の手下が常に張りついているという。

もちろん弥之助は「なおた」が一人見つかったくらいでは安心せず、あちこちの自身番屋を回っては人別帳を調べたり、通りに建っている店に片っ端から入って奉公人の名を訊ねたりしたらしい。それで「なおた」という名が新たに出てくることはなかったので、恐らく親分が縄張りにしているこの麻布界隈では、「なおた」という者は他にいないのだろうという結論になった。もしまた儀助の幽霊が現れるとしたら、その直太がいる丸亀屋の近くに出るのではないか、と新七は考えているのだ。

「よし、それじゃあ、手習が終わったらすぐに、留ちゃんの案内でその空き家を見に行くということで、今日は居残りをさせられないように真面目にやろうか」

四人は顔を離し、それぞれの天神机に向かった。

昼の八つ時を過ぎ、耕研堂にいた子供たちは自分の家へと戻っていった。しかし忠次たち四人は真っ直ぐに帰らず、溝猫長屋とは反対の方へと進む。目指すは古川町にある空き家だ。

「……その前に、丸亀屋さんを覗いていかない？」

曲がり角がある所で、突然、銀太が言った。その言葉通りに、他の三人の先頭に立って丸亀屋の方へと曲がっていく。

「ちょっと待ってくれよ。さっきの俺の話、聞いてなかったのか。丸亀屋さんは避けていくんだよ」

追いかけながら新七が文句を言った。しかし銀太は譲ろうとしない。

「だってその直太って子、丸亀屋に奉公に来たばかりってことは、年はおいらたちとそう変わらないだろう。同じくらいの子が近くにいるなら、その顔を覗きにいくのが子供の礼儀ってものじゃないのか」

「そんな礼儀は知らないよ」

「それにさ、直太っていう子は、もしかしたら次に殺されちゃうかもしれないんだぜ。それを知っているのに、何もせずに指を咥えているわけにはいかないよ」

「まだそうと決まったわけじゃないし、それに、会ったところでどうしようもないよ。まさか、殺されるかもしれないから気をつけろとでも言うつもりかい」

そんなことをしても気味悪がられるだけだ。話を聞いていた忠次は、やはり丸亀屋は避けた方がいいと思った。直太の身は心配だが、その辺りは弥之助親分がしっかりやっていてくれるはずだ。

「なあ、銀ちゃん、おいらも丸亀屋さんに近寄るのはやめた方がいいと思うんだけど」

「そうかな……でも、もう来ちゃったよ。あの角を曲がればすぐだ」

「ちっ、丸亀屋め……近すぎるぜ」

同じ町内だからあっという間だ。

「とりあえず、直太って子がどんな顔をしているかだけでも見てみようよ」

銀太が角にある建物の陰から顔を出して、その向こうにある丸亀屋の方を覗き込んだ。すぐ後ろに新七が続き、同じように首を伸ばす。文句を言っていたくせに、直太の顔には興味があるようだ。

忠次は留吉の様子を見た。こちらは直太よりも辺りの臭いが気になるらしく、盛んに鼻を動かしている。次は留吉が「嗅ぐ」番に当たるからだ。

その顔色を見ると、特に妙な臭いは感じていないみたいだった。それなら「聞く」番になっている自分はどうだろうと、忠次は息を潜め、耳をそばだててみた。

妙な声は聞こえてこなかった。ただ、何か金目の物がぶつかり合うような、がちゃがちゃとした音が耳に入ってきた。これはいったい何だろうと首を傾げながら、銀太と新七の横に並んで丸亀屋の前を覗き込んだ。

目当ての直太の姿はなかった。通りには物売りの男が一人だけいて、こちらに背を向けて丸亀屋の前を通り過ぎようとしている。

男は小箱を肩にかけるようにしていた。小さな箪笥（たんす）のような物で、細かい抽斗（ひきだし）がいくつもついている。忠次が聞いたのは、その取手が揺れた時に立てている音だった。

「……あれは、煙草売りだね」

それぞれの抽斗には「国府（こくぶ）」や「舞留（まいとめ）」といった刻み煙草が分けて収められているのだ。

そのまま向こうへ行くのかと思いながらその煙草売りを眺めていると、丸亀屋を過ぎて二、三間ほど進んだところで、男はくるりと踵を返してこちらを振り向いた。忠次たち三人は慌てて顔を引っ込める。短い間ではあったが、煙草売りの顔がはっきりと見えた。

「あれって、親分の店で働いている人だよね」

「うん、下っ引きだ」

岡っ引きというのは本来それだけで食える仕事ではないから、たいていは本業を別に持っている。弥之助の家業は煙草屋だ。手下を奉公人にして、葉煙草を刻ませたり、こうして売りに歩かせたりしている。外に煙草売りに出る者は、商いを兼ねつつ見張りや聞き込みをすることもあるらしい。

子供たちが耳を澄ましていると、近づいてきた取手の音は丸亀屋を通り過ぎた辺りでまた向こうへと遠ざかっていった。どうやら店の前をうろうろしているようだ。

「……ねえ、見張りって、あんなに堂々とするものなの?」

「あれじゃあ、殺しの下手人を捕まえるなんて無理だよなあ」

忠次たちが首を捻っていると、突然背後から声がかけられた。

「それはね、多分まだ直太が子供だからよ」

びっくりして、慌てて振り向く。四人の背後に、いつの間にかお紺が立っていた。

「ちょっと、驚かさないでよ。こんな所で何やってんの?」

「直太を見張っている下っ引きを覗き見ているあんたたちを見守っていたところよ」

「それは分かってるよ。そうじゃなくて……」

なぜここにいるのかと訊こうとしたが、お紺は勝手に言葉を続けた。

「もし直太が大人だったら、あんたたちが考えるようにこっそりと隠れて見張り、殺そうとする者が現れるのを待つでしょうね。でもそれだと、ちょっと油断すると直太が危ない目に遭ってしまう。下手をすると命を落とすかもしれないわ。そうならないように、きっと親分さんはわざと目立つように見張らせて、相手が近づかないようにしているのよ。下手人を捕まえるより、直太の命の方を大事にしているのね」

「なるほど、親分さんらしいや」

泣く子も黙ると界隈で恐れられている弥之助親分だが、実際の姿は言われているのとは少し違う。道端で幼子が泣いているのを見たら、面白い顔や動きをして必死に笑わせようとするのである。それでも駄目なら飴玉や菓子などを買い与える。食い物を口にしながら泣くのは息が苦しいから、子供は泣き止むというわけだ。つまり、「泣く子も黙る」より「泣く子をあやす」と言った方が近いのである。弥之助親分は、あれでなかなかの子供好きなのだ。

「朝のうちは別の人が見張りに来ているし、夜は親分さんが自ら出張ってきて丸亀屋さんの前をうろうろしているらしいわ。直太って子のことは心配しなくてもよさそうね。だからあたしたちはここを離れて、白金村(しろかねむら)にある仏具屋さんへ行くわよ」

「は?」

いきなり何を言い出すのだと四人の男の子たちは顔を見合わせた。しかしお紺はお構いなしに話し続ける。

「あたしは今日、お千加ちゃんに会いにここへ来たの。色々とお喋りしたんだけど、また縁談の話が持ち上がったって聞いてびっくりしたわ。儀助さん、乙次郎さんと相次いで亡くなっているのだから、もう少し間を空ければいいのに。まあ、お千加ちゃんももう十九だから、早く決めてしまいたいっていう市左衛門さんの気持ちも分かるけどね……。それで、今度の相手というのが白金村にある仏具屋さんの店主の兼蔵って人らしいわ。兼蔵さんの父親が丸亀屋さんから暖簾分けして出した店で、その父親が去年急に亡くなってしまったので兼蔵さんが継いだみたい……ということで、今からその兼蔵さんの顔をみんなで見に行くわよ。四之橋を渡ってしばらく歩くと、畑の中にお寺が固まっている所があるでしょう。あの辺りにあるらしいわ。きっとその近所のお寺を相手に商いをしているんでしょうね」

お紺は勝手に一人で決めて、さっさと歩き出した。新七が慌てて引き留める。

「ちょっとお紺ちゃん、俺たちもこれから用事があるんだよ。古川町にある空き家を見に行きたいんだ」

「そんなの帰りに寄ればいいじゃない」

聞く耳持たず。お紺は歩きながら首だけ回して四人の方を振り返り、「さっさと行くわよ」と告げてまた前を向いてしまった。

「……なあ、どうする？」

新七が困ったような表情を浮かべて他の三人に訊ねた。

「ううん、おいらはどっちでもいいけど。銀ちゃんは行きたそうだね」

「おいらはほら、暇だから。でも留ちゃんはまずいんじゃないの」

「いや、弟たちが家から遊びに外へ出るのは多分、七つを過ぎてからだから、早めに戻れば大丈夫だと思う。それより新ちゃんだよ。麻布界隈から出たくないんじゃないの」

「そうなんだよ。何となく嫌な感じがするんだよね。はっきり言ってしまえば、儀助さんの幽霊に遭ってしまいそうな気がする」

「それならこのままお紺ちゃんは放っておいて、おいらたちは古川町に行っちゃおうか」

忠次はそう言いながらお紺の方を見た。四人がついて来るものと決めてかかっているらしく、まったく振り向きもせずにすたすたと歩いていく。

「……でも、それはそれで後々面倒なことになりそうな気がするけど」

「そうなんだよね」

ううん、と唸って新七は考え込んだ。儀助の幽霊を見ることと、後でお紺から責められることのどちらが嫌か、天秤(てんびん)にかけているようだ。

「……兼蔵って人の顔を見に行こうか。儀助さんの幽霊より、お紺ちゃんの方がしつこそうだから」

新七の出した結論に、そうだね、と他の三人が一斉に頷いた。考えることはみんな一緒だ。間違いなくお紺の方が面倒である。

「その方がいいよ。儀助さんの幽霊が出るとは限らないんだしさ」

留吉が新七を励ますような口調で言った。忠次も頷いて新七に言葉をかける。

「そうだよ。それにもし出たとしても、おいらや留ちゃんが音や臭いで先に気づくだろうから心構えができる。真っ昼間だし、みんないるし、怖いことなんてないよ」

うんうん、と頷いてから銀太も新七に告げる。

「それにさ、もしかしたらここで順番が替わるかもしれないじゃないか。おいらがお化けを見てしまうっていうことも……」

「いや、それはない」

銀太以外の三人が一斉に言い、お紺を追いかけるために足を踏み出した。後に残された銀太は、「何だよぉ」と口を尖らせ、三人に少し遅れてのろのろと歩き出した。

三

目当ての店は周りを寺に囲まれた一画にひっそりとあった。

こんな場所で儲かるのかと不思議に思ったが、仏具屋という商売は通りがかりの一見の客を相手にするより、きっと寺やその檀家との付き合いでやっていくのがいいのだろうと、新七は一人で納得して頷いた。そして、そんなことよりどこかに怪しいものの姿が見えやしないかと、素早く辺りに目を配った。

店の脇や裏側は、その向こうにある寺の敷地らしい雑木林がすぐそばまで迫っている。慎重に見回したが、木々の陰に人の形をした「何か」が潜んでいる様子はない。

目を店へと戻す。丸亀屋と比べるとかなりこぢんまりとした、小商いの店という感じである。戸口の上に看板がかかっており、丸兼屋と書いてある。丸亀屋の丸と、兼蔵の兼を合わせた屋号なのだろう。その上に二階の窓があって、風を入れるために障子戸が開け放たれていたが、そこにも人の姿はない。部屋の天井が見えるだけだ。

少々ほっとしながら、新七は一緒に来た仲間へと顔を向けた。すると、こちらを見ている留吉と目が合った。

「新ちゃん、もしおいらが何か臭いを感じたらすぐに教えるからさ、そんなに必死にならなくていいよ」

「うん……どうせ見る時には見ちゃうんだから仕方ないんだけど、やっぱり気になっちゃってね。留ちゃんのことを信用していないわけじゃないから悪く思わないでよ」

「別に気にしてないよ。臭いと同時にお化けが現れるってこともあり得るから。とりあえず今のところは、何も嫌な臭いは感じていないよ」

「そうか。忠ちゃんはどう?」

新七は、耳の後ろに手を当てたまま動きを止めている忠次に声をかけた。忠次は目だけをこちらに向けて、静かに首を振った。妙な声や音も聞こえていないようだ。

次に銀太を見ると、躍起になって鼻を動かし、耳をそばだて、目を凝らしながら店の周りをうろうろしていた。今回もきっと仲間外れになって何も起こらないであろうに、誰よりも幽霊探しに熱心だ。

どうせなら毎回銀ちゃんがすべてを背負ってくれればいいのに。でもそうなったら、やはり仲間外れだと言って騒ぐんだろうな、と思いながら、新七は来た道を振り返った。

ようやく追いついてきたお紺が、だらだらとした足取りで近づいてきた。この娘は先頭を切って歩き出したくせに、途中でやれ暑いだの疲れただのと文句を垂れ始め、一番後ろからついて来る形になっていたのだ。

「ああ、もう誰よ、夏の真っ昼間にこんな遠くまであたしを歩かせたのは。まったく馬鹿じゃないの」

お紺はまだ文句を言っている。「それはお紺ちゃんです」と新七は返事をしかけたが、どうせ睨まれるだけだからやめておいた。きっと本人も分かって言っているに違いない。

「ふう、やっと着いたわ。お千加ちゃんから小さい店だと聞いてはいたけど、本当にそうみたいね。でも、そんなことはどうでもいいわ。とにかく中で休ませてもらわなくちゃ」

お紺は新七の前を通り過ぎて、店の前へと向かった。開け放たれている戸口から中を覗く。そのまま入っていくのかと思ったら、くるりと踵を返して新七たちの方へと戻ってきた。戸惑っているような表情を浮かべている。

「……帳場に、いい感じに枯れたお爺さんが座っているわ。まさか、あれが兼蔵さんじゃないでしょうね」

お紺の言葉を受けて、新七たちも店の中を覗きに行った。戸の陰からそっと窺うと、なるほど、白髪頭（しらが）の爺さんが一人、帳場に腰を下ろしている。目を閉じてじっとしているので、もしかしたら死んでいるのではないかと思ったが、見守っていると突然こくりと首を動かして薄目を開け、しばらく瞬(まばた)きをした後でまた閉じた。どうやら居眠りをしているだけらしい。

「……いくらなんでも違うんじゃないかな」

お紺のそばに戻った新七は、首を傾げながらそう告げた。

「きっとあれは、兼蔵さんの父親の……ああ、亡くなっているんだっけ」

「そうよ。ということは、あのお爺さんが……兼蔵さん」

子供たちは言葉を失った。しばらく呆然としていると、誰かが近づいてくる気配がした。常に物音を気にしていた忠次が初めにそれに気づいて顔を向け、「あ、清八さんだ」と呟いた。新七もそちらを見ると、丸亀屋の手代の清八が、訝し気な顔をしてこちらへ歩いてくるところだった。

「……なんだ、うちでかくれんぼをした連中じゃないか。仏具屋の前で何をしているんだ。仏壇でも買いに来たのかい」

知っている子供たちだったので清八の表情はいくらか緩んだが、それでも不審そうな顔をしていることには変わりがなかった。

「それに、質屋のお紺ちゃんまでいるじゃないか。珍しい組み合わせだな。それがこんな所にいるなんて……」

清八は新七、忠次、留吉、銀太と男の子の顔を眺め渡してから、お紺のところで目を止めた。しばし考えてから、そうか、と手を打つ。

「うちのお嬢さんから兼蔵さんとの縁談の話を聞いて、どういう人か探りに来たんだな」

清八という男、なかなか勘が鋭いようだ。しかしそれが仇となった。それなら話が早いとばかりに、お紺が食ってかかる。

「ちょっと、いくらなんでも酷いんじゃないの。お千加ちゃんが可哀想だわ。ただでさえ心を痛めているのに、こんな追い打ちをかけるような真似をするなんて。丸亀屋さんの人間は、お千加ちゃんを除けばみんな糞野郎ばかりだわ。清八さん、あんたも糞の仲間よ。それもとびっきり大きいの。きっと馬の糞ね」

ひどい言われようである。清八とて大人の男である。十六の小娘にいきなりこんなことを言われたら頭に来るに違いない。きっと怒鳴りつけてくるぞ、とすぐ横で聞いていた新七は首を竦めた。

しかしそうはならなかった。どうやら人間というのはこういう場合、怒るよりも戸惑いの方が先に来るようだ。清八は目に見えておろおろとした様子になり、お紺の顔色を窺うような感じでそっと訊ねた。

「えっと……いったい何の話なのかな」

「決まっているでしょう。兼蔵さんのことよ。あんな人をお千加ちゃんのお婿さんにしようとするなんて、いくらなんでもあんまりだわ」

清八の顔にますます戸惑いの色が浮かぶ。

「いや……、だってお紺ちゃんは、兼蔵に会ったことはないだろう」

「たった今、お店を覗かせてもらったわよ。まさかあんな人だとは思わなかったわ」

「へ……いや、そんなはずは……」

清八は丸兼屋の戸口へ向かって歩き出した。すぐには中に入らず、戸の陰から恐る恐るという様子で中を覗く。

少し間があって、それから清八は大声で笑い始めた。

「おいおい、お紺ちゃん、勘違いだよ。中で寝ているのは、この店の手伝いに来ている梶平(かじへい)さんという爺さんだ。前にここで働いていた人で、小金を貯めて隠居暮らしをしていたんだが、先代の兼蔵さんが去年亡くなってから、再び来てもらっているんだよ。今、うちの店にいる彦作さんと同じような感じだな」

「あら、そうなの。良かったわ、あの人が兼蔵さんじゃなくて」

お紺はにっこりと微笑んだ。清八を馬の糞呼ばわりしたことはすでに頭の中にないようだ。

清八の方も特に気にしている様子は見せず、笑いながら言葉を続ける。

「ここは丸亀屋から暖簾分けした店だから当然付き合いもある。だから俺と兼蔵さんは、お互いに子供の頃から知っているんだ。兼蔵さんは真面目ですごくいい人だと思うよ。だからお紺ちゃんが心配するようなことはないさ。今も兼蔵さんは、この暑い中、お得意さん回りをしているところでね。俺は今日、旦那様から用事を言付かってきているんだが、当人がいなくて困っていたんだよ。しかしここで爺さんと待っていても仕方がないから、心当たりを回ってきたんだが、見つけられなかった。それで、もう帰っているかもしれないと、いったん戻ってきたところなんだよ」

そこまで話して、清八は店の中に入っていった。「おうい、梶平さん」と爺さんを起こす声が外にまで聞こえてくる。

「兼蔵さんはもう帰ってきたかい？」

「うう……ああ、清八さんか。いや、まだだよ」

「梶平さんが寝ている間に、こっそり帰っているんじゃないのかい。おうい、兼蔵さん。奥にいるのかい」

返事は聞こえてこなかった。すぐに清八が、再び店の外に現れた。

「どうやら兼蔵さんはまだ戻っていないようだ。行き違いになったらまずいから、もう俺はここで待たせてもらうことにするけど、お紺ちゃんも一緒に待つかい？」

あれだけ暑いだの疲れただのと文句を言っていたのだ。きっとそうするに違いないと新七が思っていると、意外なことにお紺は首を振った。

「いえ、あんまり遅くなるとこの子たちが叱られてしまうので、兼蔵さんに会うのはまたにして、あたしたちはこれで帰ります」

「ふうん、そうかい。気をつけて帰るんだよ」

お紺はまたにっこりと微笑み、清八に向かってお辞儀をした。それからくるりと振り返り、すたすたと歩き出した。

「坊主たちもまっすぐ帰れよ。途中でかくれんぼなんかするんじゃないぞ」

清八は男の子たちにも声をかける。新七たちは頷き、先に行ってしまったお紺を追いかけた。

「……ちょっとお紺ちゃん。兼蔵さんが帰るまで待つかどうかはともかく、少しくらい休んでいった方が良かったんじゃないの」

店が見えなくなった辺りまで来た時に、新七はお紺に声をかけた。なぜならすでにお紺の足取りが重くなっていたからである。

「あたしもそうしようと思ったけど、やめたわ。だって馬の糞だなんて言っちゃった人と一緒に待つのは気まずいじゃない」

「あ、覚えていたんだ」

「当たり前でしょう。銀太ちゃんじゃないんだから」

「どうしてそこでおいらの名が出てくるんだよ」

銀太がむすっとした顔でお紺を見た。もちろんお紺は気にする素振りも見せない。顔を顰めてちらりと空を見上げ、それから辺りを見回した。

「どこか日陰に入りたいんだけど、隠れる場所すらないわね」

もう少し進めば木立もあるが、今、五人がいるのはちょうど畑の真ん中だった。降り注ぐ強い日差しから逃れる場所はない。

「まったく嫌になっちゃうわ……そうそう、隠れると言えば、あんたたちが元の丸亀屋さんでかくれんぼをした時、お店の中だけでやったらしいけど、それはなぜ？」

「どうしてそんなことを訊くの？」

「だってお店の中だけじゃ隠れる場所があまりないじゃない。荷物なんかは新しい方のお店に運び出された後だっただろうし。それならもっと隠れられる場所を広げて、庭先の雑木林や蔵なんかも使えば良かったのよ。その方が面白いに決まっているわ」

「それは清八さんに駄目だって言われたんだよ。雑木林は裏のお寺の土地だし、蔵はまだ片付けていない物が入っているからって」

「ふうん、つまらないわね」

お紺は吐き出すように言った。心底そう思っているようだった。

「もしかしてお紺ちゃん、かくれんぼが好きなの？」

忠次がそう訊ねた。するとお紺は、ふふふ、と不敵な笑みを浮かべた。

「今はもう十六だから、かくれんぼみたいな子供の遊びはできないけど、小さい頃はよくやったものだわ。特に鬼になって他の子を見つけるのが得意でね。縁の下に隠れようが、壁に貼りつこうが、屋根に登ろうが、すぐに見つけたものよ。それで周りの子から『鬼のお紺』と呼ばれて恐れられていたんだから」

「……それはかくれんぼだけじゃなくて、日頃の行いもかかわっているんじゃないかな」

新七はぼそりと呟いた。口にしてしまった後でまずいと思い、慌ててお紺の顔を覗き見る。

お紺は鬼のような形相でこちらを眺めていた。

「まったくあんたたちは、口が悪すぎるわ」

自分のことは見事に棚に上げ、お紺はそう言い放った。そして一番後ろを歩いていた留吉に声をかけた。

「この中で少しくらいまともなのは留吉ちゃんだけね。やっぱりいつも弟や妹の世話をしているから、優しくなるのかしら……あら、どうしたの。気分でも悪いの？」

留吉は立ち止まっていた。心なしか顔色が悪い。目を大きく見開き、口ではあはあと息をしている。お紺の言うように気分が悪いように見える。

「留ちゃん、暑さにやられたのかい」

新七や忠次、銀太、お紺が一斉に駆け寄る。留吉はのろのろと首を横に振った。

「いや……」

「座った方がいいんじゃないのかい」

「そうじゃないんだ」

留吉は新七の顔を見て叫んだ。

「新ちゃん、気をつけて。多分、出てくるよ。もの凄く嫌な臭いがするんだ。鼻で息ができないくらい」

そこまで言うと、留吉は、うげっ、と喉を鳴らして口元を押さえた。叫んだために息を大きく吸い込まなければならず、口だけでなく鼻も使ってしまったようだ。

留吉がそうなるのも無理はないと新七は思った。自分もかくれんぼの時に嗅いでいるからだ。あれは人間が腐った時の臭いである。その後に雑木林で見つかった儀助さんの死体が発していた臭いだ。

つまり、今この近くに儀助さんがいるのだ、と新七は慌てて辺りを見回した。畑の真ん中だから見通しはいい。慎重に目を配ったが、動いているものは何も入ってこなかった。あまりにも暑いからか、通りを歩く人影や、野良仕事をする百姓の姿もない。ここにいる仲間たちの他は、人っ子一人見当たらない。

——どこだ、どこにいる？

新七は周囲へと必死に目を配りながら、留吉が出遭った際の儀助の様子を思い出した。会津屋の乙次郎の顔を見に芝へ出向いた時のことだ。留吉によると、儀助の幽霊は裏長屋の路地の先からもの凄い速さで近づいてきたという。だから油断できない。近くに見えなくても、例えば畑の向こうの雑木林から、一気にこちらへとやって来るかもしれないのだ。

背後ではまだ留吉が、うっ、うっ、と吐き気を我慢しているような声が聞こえてくる。多分、臭いは続いているのだろう。だが、いくら見回しても、誰の姿も見えなかった。

新七は目を動かしながら、今度は儀助の顔を思い起こした。忠次や留吉から何度も聞かされているので、まるで会ったことがあるかのように思い浮かべることができるようになってしまったのだ。顔がひょろりと長く、顎のところに大きなほくろがある男である。しかし、頭の中には浮かぶその男の姿を、一向に目で捉えることができない。

「……新ちゃん、見えたかい」

遠慮がちに訊いてくる忠次の声が耳に入った。

「……いや、どこにもいない。忠ちゃんの方はどうだい？」

「今のところはまだ、何も聞こえてこないよ」

「そうか……」

妙だな、と新七は思いつつ、体をぐるりと一回りさせて、もう一度周囲を見渡した。やはり誰の姿も目に入らない。今この辺りにいるのは、間違いなく自分たちだけである。

「やっぱりいないよ」

新七は遠くを眺めるのをやめて、近くにいる仲間たちへと目を向けた。耳の後ろに手を当てて必死に物音を探っている忠次、口元を押さえて道端にうずくまっている留吉、腰を屈めてその背中をさすっているお紺、その後ろから心配げに覗き込んでいる銀太、さらにその後ろから銀太を睨むように見ている儀助……。

「……え？」

忠次、留吉、お紺、銀太、そして儀助……。

いた。それもすぐそばに。

新七は思わず「うわっ」と声を上げて二、三歩後ずさった。その声が儀助の幽霊の耳に届いたようだ。それまで銀太を見ていた儀助は、ばっ、とすごい勢いで新七の方を向いた。

目が合った、と思った瞬間、ずいっと儀助の顔が大きくなった。いや、一気に近づいたのだ。二、三間は離れていたはずなのに、今はもう目の前にその顔がある。

儀助は大きく目を見開いて新七の顔を覗き込んできた。その両手はがっしりと新七の肩をつかんでいる。逃げることはできない。それになぜか、目を閉じたり逸らしたりすることも無理だった。

儀助の口が動いた。新七の耳には何も聞こえてこなかったが、忠次が耳を手でふさぐ様子が目の端に見えた。儀助の声はそちらに届いたようだ。

儀助の目がちらりと忠次の方に向けられた。しかしすぐに新七の顔へと戻ってきて、再びその口が開かれた。

忠次が耳を押さえたまま座り込んだ。儀助がまたちらりと忠次の方を見る。その眉根が寄せられていた。どうやらこの「見る」「聞く」「嗅ぐ」が分かれるという現象は、子供たちのみならず、幽霊の方をも戸惑わせるものらしい。

新七の肩から儀助の手が外された。それでも動けずに新七が見続けていると、儀助は、すすっ、という滑らかな動きで銀太の背後に戻った。

銀太の背中に儀助の目が向けられる。そうしてしばらく眺めた後でまた新七の方を向き、二、三度手招きをするような動きをした。それから体の向きを変え、横の畑へと入っていった。

去っていく儀助の様子は、留吉が言っていた通りだった。足の動きと進む速さが合っていない。たった一歩で四、五間は進む感じだ。あっと言う間に畑の先にある雑木林の手前までたどり着いてしまった。

そこで儀助は立ち止まり、こちらを振り返った。

容貌が変わっていた。さっきまでは生きている人間とさほど違いがないように見えたが、今はその顔が青黒くなり、所々穴が開いているように見えた。腐っている、と新七は思った。

儀助はまた新七へ何度か手招きをし、それから背を向けて雑木林へと入っていった。その後ろ姿は黒々とした木々の影に入った途端、すうっと溶けるように消えた。

「はあ……」

終わった、と分かったら体の力が抜けた。新七はすとん、と地面に座り込んだ。腰が抜けるというのはこんな感じを言うんだな、と思った。

「……ああ、ちょっとだけ気持ち悪いのが治まってきた。臭いがなくなったんだ。お紺ちゃん、もういいよ。ありがとう」

留吉が、背中をさすってくれていたお紺に礼を告げる声が聞こえた。

「あら、ということはもう幽霊はどこかへ行っちゃったのね。やっぱりあたしは何も感じなかった。残念だわ」

お紺はやれやれという感じで屈めていた腰を伸ばした。それから、新七と忠次の顔を交互に見た。

「それで、どうだったの」

「うん?」

「あんたたち、見たり聞いたりしたんでしょう。やっぱり儀助さんだったのかしら」

新七は頷いた。

「忠ちゃんや留ちゃんに聞いていた通りの人だった。顔がひょろりと長くて、顎に大きなほくろがあって……」

「それなら儀助さんで間違いないわね」

「俺に向かって手招きして、あの中に入って見えなくなったんだ」

新七は儀助の幽霊が消えた雑木林を指さした。お紺は「ふうん」と言ってしばらくそちらを眺めていたが、やがて忠次の方を向いた。

「それで、忠次ちゃんには何が聞こえたの」

忠次はうろたえたようにきょろきょろと仲間の顔を見回し、それから力なく首を振った。

「それが……、何を言っているのかまったく聞き取れなかったんだ」

「ちょっと、あんた何やってるのよ。それが一番肝心なことじゃない。次に殺されるかもしれない人の名前なのよ。本当に分からなかったの？」

「……ごめん」

忠次は肩を落とし、がっくりと項垂れた。

「そう……残念だけど、今さら仕方がないわね。でも罰として忠次ちゃん、ちょっとあの雑木林を覗きに行ってくれないかしら」

お紺は腕を伸ばし、儀助の幽霊が消えた場所を示した。

「きっと何かあると思うから。でも一人じゃなくていいわよ。留吉ちゃんはまだ少し具合が悪そうだし、新七ちゃんは腰を抜かしているから……銀太ちゃんと行ってきてくれる？」

忠次がのろのろと歩き出した。足取りこそ重いが、お紺の言葉に素直に従っている。なぜお紺から罰を受けなければならないのか、という疑問はまったく抱いていないようだ。

すぐ後から銀太が追いかけていく。こちらはやたらと足取りが軽い。あっという間に忠次を追い越して、先に立って歩いていく。やはり今回も仲間外れにされてしまったので、こうして何らかの役目を与えられたのが嬉しいのかもしれない。

「あらあら、本当にあの二人は素直ないい子ね。多分……死体が出てくるでしょうに」

忠次と銀太が雑木林の中へ入っていくのを見届けると、それまで黙って二人の背中を見守っていたお紺がぼそりと呟いた。それから新七と留吉の方を向いて言った。

「会津屋の乙次郎さんの死体を見つけた時と同じよ。あの時も、その前に儀助さんの幽霊が現れたからね。まず間違いないわ。気になるのはその死体になった人の名前よ。二つ考えられるけど、はたしてどっちでしょうね」

新七は頷いた。一つは「なおた」である。儀助の幽霊が告げた名前だ。丸亀屋の丁稚の直太はたまたま同じ名前だっただけで、別の「なおた」が死体になった、ということだ。

そしてもう一つ考えられるのは、「兼蔵」である。ここまでに死んでいるのは儀助と乙次郎だが、二人とも丸亀屋のお千加との縁談話が持ち上がった後で殺されている。だから次は丸兼屋の店主の兼蔵だと考えられるわけだ。

どちらが出てくるだろうかと新七が首を捻っていると、「うわぁ」という叫び声が聞こえてきた。そちらに目を向けると、雑木林の中から忠次と銀太が飛び出してきたところだった。

「残念なことにあたしの考えが当たっちゃったみたいね。ほら、新七ちゃんも留吉ちゃんも、さっさと立ち上がってよ。もう具合も良くなったでしょう。丸兼屋さんに戻って、清八さんにこのことを知らせに行くわよ。あの二人は……あのままの勢いで弥之助親分の家まで走ってもらおうかしら。ここは親分さんの縄張りじゃないかもしれないけど、うまく口を利いてくれて、あたしたちが早く帰れるかもしれないから」

いずれにしろこの件は大家の吉兵衛の耳に入って、またひどく叱られるんだろうな、と思いながら新七はのろのろと立ち上がった。そうなるのが分かっていながら死体のことを告げに丸兼屋まで戻るのは面倒だが、それでもあの二人よりはましか、と畑の方を見た。

この後、続けて宮下町まで走らされるとは露知らず、あらん限りの力を出してこちらへと走ってくる忠次と銀太の姿があった。

四

日はとうに沈み、東の空に丸みを帯びた月が昇りかけている。その月明かりに照らされた溝猫長屋に、大家の吉兵衛の怒声が響き渡った。

「お前たちと来たら、本当に何度言ったら分かるんだっ」

夜だというのに力いっぱいの大声である。本来ならば迷惑この上ないが、長屋の住人は「いつもの叱言が始まった」と誰も相手にしていなかった。慣れというのは恐ろしいものだ。夕涼みに路地に出て、縁台で将棋を指している男たちは振り向きもしないし、夕餉(ゆうげ)の片づけ後のお喋りを楽しんでいるかみさん連中は大家に負けじと声を張り上げている。

猫たちですら並んで座らされている者たちのことなど一切目に入らないようで、お互いにじゃれ合うのに忙しい様子だった。お蔭で追いかけっこをしていた猫がたまに勢い余ってぶつかってくる。困ったものだ。

唯一、野良犬の野良太郎だけは吉兵衛の叱言が始まると、落ち着かない様子で周りをうろうろし出したが、これはこれで目障りだった。

「ほら、お前たち、辺りを気にしていないで儂の話をしっかり聞きなさい。実は今日の夕方、耕研堂の古宮先生と道でばったりと会ってね。少し話をしたんだよ。その時に先生が、近頃は忠次も銀太も居残りをすることが少なくなったと言っていたから、ああ、ようやくあの子たちも真面目に手習に取り組むようになったかと嬉しくなって、軽い足取りでここに戻ったんだ。そうしたらどうだ、お前たちがまた死体を見つけて、番屋に呼ばれたという話が舞い込んできたじゃないか。まったく呆れたよ。これまでこの長屋にいた年長の男の子たちは、幽霊に出遭うのが嫌だから一刻も早く働きに出ようと、熱心に手習に励んだものだった。ところがお前たちと来たらその反対だ。手習が終わったら幽霊に遭いに行こうとして、それで居残りをさせられないように真面目にやっていたという……」

「あの……大家さん」銀太が遠慮がちに口を挟んだ。「おいらたちは別に、幽霊に遭いに行こうとしていたわけじゃなくて、耕研堂の代わりになる建物を探しに……」

「黙りなさいっ」

吉兵衛の鋭い声が銀太の言葉を阻んだ。今日の吉兵衛はいつもより迫力が増している。

「今のお前たちは幽霊に遭いやすいんだよ。それを分かっていて、ふらふらと出歩いたのだから同じことだ。しかもここ最近は幽霊ばかりじゃなくて死体までついて回っている。だからなおさら自重するべきなんだ。もちろんそれらの人々が殺されたのは、決してお前たちのせいではない。その点については変に自分たちを責めるのはやめてほしいが、それより儂が言いたいのは、人殺しがうろうろしているってことなんだ。下手をしたらばったりと出遭ってしまい、お前たちが危ない目に遭うかもしれないんだよ。だから儂は怒るんだ。分かるかね」

「はい」

しおらしげな様子で銀太が頷いた。吉兵衛が何よりも子供たちの身を心配していることが伝わったからだろう。もちろん横に並んでいる忠次、新七、留吉の三人も、銀太に続けて「はい」と神妙に頷いた。そして最後に、その横に座っていた弥之助が、「今回の件は、まったくもって私のしくじりです。とてもじゃないが亡くなった人に申しわけが立たない」と頭を下げた。

実は弥之助も、今日は子供たちと一緒に吉兵衛の説教を受けているのだ。そうしないとやりきれない気分だったからだ。自分のやり方がまずかったせいで一人の命が失われてしまった。

「うむ、お前だけは自分を責めろ」

吉兵衛からじろりと睨まれた弥之助はまた静かに頭を下げた。子供たちを相手にしている時と比べると、吉兵衛の口調は格段に冷たかった。

「お前がしっかり立ち回っていれば、今回の殺しは避けられたんだ。お前は儀助の幽霊が口にした名の方ばかり気にして、丸亀屋の丁稚の直太の見張りに力を入れた。そのために、もう一つ考えておかなければならなかったはずの、お千加ちゃんの縁談相手の方が手薄になってしまったんだ。もしそちらにもちゃんと手を回していれば、兼蔵という人は死なずに済んだかもしれない」

吉兵衛が口にしたように、今日の昼間、畑の向こうの雑木林で見つかった死体は兼蔵のものだった。得意先を回っている途中で、何者かによって刺されたらしい。

「はい、大家さんのおっしゃる通りです。もっと私の頭の働きがよかったら、間違いなく兼蔵の死は避けられました。まだ大家さんには話していませんが、儀助の幽霊が口にした名を気にすること自体は間違っていなかったんです。それなのに、少々考えが足りなかった」

「どういうことだね」

「私は丸亀屋の店主の市左衛門さんから、兼蔵は父親が昨年急に亡くなったので、店と兼蔵の名を継いだのだという話を聞いていました。つまり、店主になってから兼蔵と名乗りを変えたんです。その時に少し気を回して、それならその前は何という名だったのかと訊ねれば良かった。兼蔵の店を手伝っていた梶平という爺さんに訊いたら、殺された兼蔵は子供の頃から店を継ぐまで、『直太郎(なおたろう)』という名だったそうなんですよ。周りの者はみんな『直太』って呼んでいたそうです」

「ほう。そうなるとますます、兼蔵さんが亡くなったのはお前の働きが悪かったからだ、ということになるな」

弥之助は項垂れた。そう言われてしまっても文句は言えない。

「そもそも岡っ引きなど世間から見たら屑のようなものだ。ましてやお前のような能無しは、さっさと辞めてしまうべきなんだよ……と言いたいところだが、まだ下手人が捕まっていないからな。ここで投げ出したら本当の屑になってしまう。おい弥之助、子供たちと一緒に儂の説教を受けるなんてみっともない真似をする暇があったら、一刻も早く下手人を捕らえるために歩き回ったらどうなんだ。そうじゃないと殺された者たちが浮かばれないよ」

「はい」

弥之助はもう一度深々と頭を下げ、それから立ち上がった。少し足がしびれていた。

「それではすぐに下手人探しに奔走(ほんそう)して……と、その前に確かめることがあったんだ」

弥之助は忠次の方へ顔を向けた。

「儀助さんの幽霊が言ったことを聞き取れなかったそうだが……間違いなく儀助さんは、誰かの名前を告げたはずなんだ。ちょっとでも覚えているようなことはないかな。『い』で始まるとか、『ろ』で終わるとか。あるいは長かったとか短かったとか……」

忠次はぶるぶると首を振った。

「本当にごめんなさい。まったく聞き取れなかったんです」

「そうか……いや、それなら仕方がない。そもそも今回、みすみす兼蔵さんを殺されてしまったのだって、思えば儀助さんの幽霊の言葉に囚われすぎていたせいだからな。だから忠次は気にしなくていい。それでは大家さん、私はこれで……と、その前にまだしなければならないことがあったんだ」

弥之助はお多恵ちゃんの祠の方へと目を向けた。その前にお紺がしゃがんで、呑気に猫の腹を撫でていた。弥之助はこの後、お紺を家まで送っていくことになっていたのだ。それにしてもお紺は、ちゃっかり吉兵衛の説教を受けることを避けている。ちょっと癪に障った。

「……お紺ちゃん、行くよ」

弥之助が声をかけると、お紺は「ちょっと待ってくれないかしら」と返事をした。それから吉兵衛に向かって言った。

「大家さん、今日のお説教はもう終わりよね。それなら早く子供たちを帰した方がいいと思うわ。多分、おうちの人はちゃんと晩御飯を用意して待っていると思うけど、急がないとこの暑さだから傷んじゃうかもしれない。それでお腹を壊したら大変でしょう」

「ううむ、そうか。おい、お前たち、今日はこれで帰っていいぞ。ただし、これで終わりだと思うなよ。明日続きをするからな」

はぁい、と力ない返事をして、四人の子供たちが一斉に立ち上がった。四人とも足がしびれている様子が見えなかった。いつも叱られているから慣れてしまったのだろう。

表店に住んでいる新七と留吉が先に立って歩き、その後ろを銀太が、さらに遅れて忠次がついていく。その四人が長屋の狭い路地に入っていったのを見届けてから、弥之助は再びお紺に声をかけた。

「それじゃあ、行こうか。きっと岩五郎さんも心配している」

弥之助はお紺の父親の名前を出して促した。その方が早く帰る気になるだろうと思ったのだが、お紺はまだ動こうとしなかった。

「もうちょっと待っていてほしいんだけど」

「どうしてだい。もうここにいても仕方がないだろう」

「そんなことないわ。あたしの勘が正しかったら、あの四人のうちの一人が戻ってくるはずだから」

「ああ?」

弥之助は長屋の路地を覗き見た。すでに子供たちの姿はなかった……と思ったら、長屋の一つの部屋の腰高障子がわずかに開き、そこから忠次の頭が出てきた。

忠次はすぐに部屋から出ずに、路地をきょろきょろと見回した。どうやら他の子供が帰ったことを確かめたようだ。それからようやく自分の部屋を出る。そして路地を忍び足で歩いてこちらへとやって来た。

「どうしたんだい、忠次。何か話があるのかね」

吉兵衛が声をかけると、忠次はそっと頷き、後ろを振り返った。よほど他の子供たちには聞かれたくない話らしい。

「もし誰か出てきたら儂が教えてやるから安心して話しなさい。お喋りしていたかみさん連中も帰ったようだし、向こうの方でまだ将棋を指している男たちが見えるが、そこまで声は届かない。聞いているのは儂らだけだ」

忠次は頷き、弥之助の方を向いた。

「儀助さんの幽霊が言ったことを聞き取れなかったって言ったけど、実はおいら、しっかりと聞いているんだ。だけど、みんながいる前では言えなくて……」

「やっぱりね」お紺が頷く。「昼間あたしが訊ねた時、忠次ちゃんがうろたえたように見えたから、きっと何かわけがあって言えないんだなって思ったのよ。他の子たちには言いづらいってことは、多分、みんながよく知っている名前が出てきたのね」

「おいおい忠次、それは本当かね」

慌てたように吉兵衛が訊いた。忠次が頷いたのを見て顔を顰める。

「みんながよく知っているって、弥之助か、それとも古宮先生か、あるいは……、まさか、儂じゃないだろうな」

「違います。その三人じゃありません。あの時おいらが聞いた名は……」

忠次はそこでいったん言葉を止め、下を向いて大きく息を吐き出した。口にするのが怖いのだろう。弥之助と吉兵衛、お紺は黙って見守った。

しばらくすると決心がついたのか、忠次は顔を上げた。そして重い口を開いた。

「……銀太、だったんだ」

弥之助は、そう言った後の忠次の顔を見守った。神妙な顔だが、それでも重荷が取れてどこかほっとしたような表情も浮かべている。嘘を言っているようには見えなかった。

次に吉兵衛の顔を見た。よほど驚いたのか、口をあんぐりと開けている。まさか長屋の子供の名前が出てくるとは思わなかったようだ。

お紺を見ると、ひどく顔を顰めていた。やたらと頭の働く娘だが、さすがに銀太の名前が出てくるとまでは考えが及ばなかったと見える。

弥之助は夜空を仰ぎ見た。もちろん驚いている。しかし努めて冷静に、落ち着いて頭を巡らせようとした。

まさかお千加さんの次の縁談相手に銀太の名があがるなんてことは、天地がひっくり返ってもないだろう。それならなぜ儀助の幽霊は、銀太の名を告げたのか。縁談相手が殺されているのだという考えは間違えているのか。そもそも、忠次が聞いた「ぎんた」とは、あの銀太のことなのだろうか。

――駄目だ、分からないことが多すぎる。

弥之助は大きくかぶりを振った。こういう時は、とにかく今の自分にできることを一つ一つ片付けていくに限る。

まず、銀太には当然、見張りを付ける。それだけでは安心できない。油断するとふらふらどこかへ行ってしまうやつだから、手習は休ませて、長屋に閉じ込めてしまおう。これは吉兵衛から親を説得してもらえばいい。

もちろん耕研堂の古宮蓮十郎にも事情を話しておかねばならない。これから会いに行くとしよう。

それから、あの銀太以外の「ぎんた」も探す。この界隈だけじゃなく、他の土地の親分さんたちに頼み込んで、江戸じゅうの「ぎんた」を洗い出すのだ。

そして丸亀屋の市左衛門さんに会いに行き、しばらくはお千加ちゃんの縁談相手を探すことをやめてもらわねばならない。

そういう諸々の手配を済ませたら、自分は最初に立ち返って、儀助の件からよく考え直すことにする。きっと何か見落としていることがあるはずだ。

——ええと、他に何か、自分がするべきことで忘れていることはないか。

もう一度、落ち着いて頭を巡らせる。大丈夫、何もない。それですべてだ。

それから弥之助は自分の頬を両手で挟み込むようにして思い切り叩いた。ばしっと大きな音が響く。気合が入った。

——よし、今すぐに動き出すぞ。必ずこの手で下手人を捕らえてやる。

「大家さん、明日は銀太を手習にやらないよう、あいつの父親に話しておいてください。私はこれから耕研堂へ行き、古宮先生に知らせておきますから。それでは急ぎますので、私はこれで」

弥之助は大股で力強く、長屋の路地を歩き出した。

「……ちょっと親分さん、まさかあたしを送ることを忘れているんじゃないでしょうね」

長屋の木戸口まで行ったところで、後ろからお紺の声がかかった。

……すっかり忘れていた。

優しき幽霊

一

開け放たれた戸口の向こうに見える長屋の狭い路地を、黒っぽい塊が横切っていく。

溝猫長屋に居ついている十六匹の猫の中の一匹、雌猫の手斧である。

べっこう柄と言えば聞こえがいいが、つまりは黒と茶が滅茶苦茶に入り交じっている斑の猫だ。口の悪い人に言わせると、「肥溜めに落ちた後で泥の上をのたうち回ったような模様」である。だから初めて溝猫長屋を訪れたような人には手斧の評判はあまり良くない。と言うか、ほとんど目を向けられない。汚い猫がいるな、という感じでちらりと見るだけで、すぐに他の猫へと目を移してしまう。

だが、それも初めだけだ。二度、三度と長屋に来るうちに、いつの間にかまず手斧を探すようになる。なぜならこの手斧は、実は溝猫長屋にいる中では一番と言っていいくらい人懐っこい猫だからだ。人は見かけによらないとよく言われるが、猫も同じらしい。もっとも他の猫たちがやたらと不愛想なせいでもあるが、それはともかく手斧は可愛い、というのが、長屋を訪れる者たちが口をそろえて言う言葉である。

今も、そのまま通り過ぎていくのかと思いながら眺めていると、手斧は途中で立ち止まり、部屋の中で暇そうにしている銀太へと顔を向けた。そしておもむろに口を開き、にゃあと一声鳴いた。

これだけでも他の猫と違う。手斧が現れる前にも数匹の猫が通ったが、「何でそんな所にいるんだよ」という感じで睨みつけてきただけだった。ところが手斧はちゃんと挨拶をしてきた。素晴らしい。

銀太が感動していると、手斧は戸口をくぐって中へ入ってきた。しかし部屋に上がることはせず、土間に横たわって体を舐め始める。しばらくそうしてからまた銀太の方へ顔を向け、にゃあと鳴いて小首を傾げた。

他の猫と同じように、銀太がいることを訝しく思っているようだ。いつもなら昼間の今頃は手習に行っていて必ず留守にしているし、手習がない日は忠次など他の子供たちとどこかへ遊びに行ってしまっていて、やはり部屋にいないのが当たり前だからだろう。

ところが今日は、他の子供たちはみな手習に行って姿が見えないのに、なぜか銀太一人だけが長屋に残っている。猫たちが妙に思うのも無理はない。しかし他の猫と違って手斧だと「どうしてそんな所にいるの?」と可愛らしく訊ねてきているように感じられるから不思議だ。

「大家さんや弥之助親分から、長屋から出ちゃ駄目だって言われているんだよ」

銀太は手斧に向かって話しかけた。父親は将棋盤や駒を作る職人で、居職(いじょく)だからいつもは部屋にいるのだが、今日はでき上がった品を、注文を受けた店へと届けに行った。飲兵衛（のんべえ）だから貰った銭で飲みに行き、帰ってくるのは夜だろう。母親はさっきまで部屋にいたが、近所のおかみさんが顔を覗かせて一緒に出ていった。多分、その人の家で茶でも啜りながらぺちゃくちゃとお喋りをしているに違いない。これもしばらくは帰ってこないだろう。妹たちはもちろん手習へ行って留守だ。だから銀太は、一人で暇を持て余していたところである。ちょうどよかった、手斧に話し相手になってもらおうと銀太は思った。

「次に幽霊に出遭うのはおいらだから、長屋で大人しくしていろって言うんだ。別においらは構わないのに」

　それどころか、むしろ幽霊に出遭いたいと銀太は思っていた。すでに忠次と新七、留吉は順番に見たり聞いたり嗅いだりを一通りこなしている。これだけでも一人だけ蚊帳の外に置かれているのに、この上何もないということになったら、まったくの仲間外れである。さすがにそれは避けたい。春の時と同じなら見る聞く嗅ぐが一度に襲ってくるので、正直に言うとかなり怖く感じるが、そこは我慢だ。

「大家さんたちは『今回はお前たちが幽霊に遭うと、一緒に死体も出てくる。だから出歩いてはいけない』って言うんだけど、別においらたちが殺しているわけじゃないし。それに儀助さんの幽霊は、実は死体を見つけてほしくて出てきているのかもしれないしね。一人で長屋にいるのはあまりにも暇だし、息も詰まるから、抜け出してやろうと思っているんだよ。だけど、なかなかうまくいかなくて」

さっきも戸口から外へ出たら、ちょうどやって来た吉兵衛と弥之助に鉢合わせしてしまい、二人から叱られてしまった。厠へ行こうとしたのだと言って誤魔化したので軽い説教で済んだが、二人が来るのがもう少し遅くて、長屋の木戸口の辺りで顔を合わせていたら、もっと酷いことになっていただろう。

「それに、実は木戸口を通るのが大変なんだよね。見張りがいるんだよ」

吉兵衛と弥之助は長屋を離れてどこかへ去っていったが、だからと言って抜け出せるものではなかった。弥之助が使っている下っ引きのうちの一人が、溝猫長屋の木戸口の辺りをずっとうろうろしているのだ。

昨日、丸亀屋の前で丁稚の直太を見張っていた煙草売りである。それが、今日はこちらに移っている。

ここでちょっとでも頭が働く者だったなら、「もしかしたら昨日、儀助の幽霊が自分の名を呟いたんじゃないか」と薄々気づくかもしれない。しかし残念ながら銀太はそうではなかった。邪魔だよなぁ、と思っているだけだ。どう出し抜いてやろうかと、それぱかり考えている。

「ああ、おいらも猫になりたいよ。それなら木戸口を通らなくても長屋から出ていけるのに。犬でもいいな。いや、もう駄目か」

ちょっと前までは長屋の板塀に「犬潜り」という穴が開けてあって、そこから野良犬の野良太郎が出入りしていた。だが穴が大きかったので、夜中に銀太たちが長屋から抜け出すのに使ってしまった。それで吉兵衛が板を打ち付けて小さくしたのである。

お蔭で子供たちは通り抜けられなくなった。これは当然だが、悲しいことに野良太郎までが無理になった。穴を塞ぎすぎたのだ。やっと顔が出せるくらいである。だから今そこは「犬潜り」ではなく、「野良太郎が顔を出して通りを眺めるだけの穴」に成り下がっている。

「……ねえ、手斧。何かうまい手はないかなぁ。もしあったら教えてくれよ」

銀太は猫に向かって訊ねてみた。もちろん答えが返ってくるとは、さすがの銀太も思っていない。そのままごろりと横になり、部屋の天井を眺めた。

「……あったとしても教えないわ。しばらく長屋で大人しくしていないと駄目よ」

返答があった。びっくりした銀太は首を上げて手斧を眺める。べっこう柄の猫は座ったままの姿勢で、顔を戸口の外へと向けていた。

「いつもお世話になっている大家さんに言われたことだもの。たまにはちゃんと聞いてあげてもいいんじゃないかしら」

また返事が来る。しかし銀太は声の正体が手斧ではないことに気づいていた。当たり前だ。

「……お紺ちゃん、何やってんの？」

「あら、よく分かったわね。まあ、あたしのように鈴を転がすような声の持ち主なんてそうそういないから、気づくのも当たり前か」

戸口の陰からお紺が出てきた。手斧が尾を立てて歩み寄り、体を擦るようにしてお紺の足下を二、三周ぐるぐると回る。それからごろりと腹を見せるようにして横になった。

「鈴を転がすような声だなんて、誰が言ってんの」

「うちの近所の大人たちよ。お紺ちゃんはいい声をしているねって、みんな褒めてくれるんだから」

お紺は着物の裾を押さえながら膝を曲げてしゃがみ込み、手斧の腹を撫でた。

ううむ、と銀太は心の中で唸った。確かに大人と喋る時のお紺は声音を作っているから、綺麗な声だと言えなくもない。しかし銀太たちと話している時はちょっと低くなる。どすの利いた声、とまでは言わないが、少なくとも鈴は転がっていない。

「まあ、あたしの声のことはともかくとして、銀太ちゃん、さっきも言ったように大家さんの言うことはちゃんと聞いた方がいいわ。しばらくは長屋から出ないことね」

「お紺ちゃんがそんなことを言うなんて……どこか体の具合でも悪いんじゃないの。拾い食いをしたとか」

銀太は首を傾げながら訊いた。いつも嫌がる自分たちを無理やりどこかへ連れ出すというのに、今日は止める立場になっている。おかしい。

「ちょっと、変なこと言わないでよ。あたしは毎日、あんたよりずっと良いものを食べているんだから拾い食いなんてするわけがないでしょう」

お紺はむっとした顔で答え、立ち上がった。手斧が「もう行くの?」というような感じで鳴く。お紺は腰を曲げてもう一度その腹を軽く撫でながら銀太に告げた。

「それじゃ、あたしはもう行くわね。銀太ちゃんが大人しくしているか見に、ちょっと寄っただけだから」

「ええ、まだいてよ。誰もいなくて暇なんだよ」

「これから丸亀屋さんへ行く用があるのよ。お千加ちゃんの様子も見たいし、それに……」

お紺は腰を伸ばし、戸口の外へと顔を向けた。珍しくきりりと引き締まった表情をしている。

こうして喋らずに真面目な顔をしていると美人なんだよなあ、と思いながら銀太は眺める。

「どうしても手代の清八さんに訊いてみたいことがあるの」

「へえ。それならおいらも一緒に行くよ」

「駄目よ」

お紺が低く鋭い声で言い、銀太を見た。その目付きも鋭い。

「長屋から出たら許さないわよ。もし出たら、お化けに遭うよりもはるかに恐ろしい目に遭わせてあげるからね」

「うへえ」

銀太は首を竦めた。すでにお化けより怖い。

お紺はしばらくの間、そんな銀太の様子を眺めていたが、やがてにこりと微笑んだ。

「ちゃんと大人しくしていれば、ご褒美（ほうび）として何か甘いものでも買ってきてあげるから」

最後に足下の手斧に目をやってそちらにも微笑んでから、お紺は部屋を出ていった。

遠ざかる足音を耳にしながら、銀太は静かに土間へと下りた。戸口から顔を少しだけ出して木戸口の方を覗く。くぐり抜けていくお紺の背中が見えた。

そのまま行ってしまうのかと思ったら、お紺はその場で立ち止まった。弥之助の手下の煙草売りが近づいてくる。何やら話をしているようだ。お紺が腕を持ち上げて、こちらの方を指さしながら振り返ったので、銀太は慌てて顔を引っ込めた。

——お紺ちゃん、本気だな。

どうやら煙草売りに、自分のことをしっかり見ていろと頼んでいるようだ。ますます見張りの目が厳しくなりそうである。

これはもう、長屋を抜け出すのは無理だ。それにうまく出られたとしても、ばれたら吉兵衛から説教を食らうし、お紺に恐ろしい目に遭わされる。損しかない。これは諦めるのが吉だ。仕方ない、しばらくは長屋で大人しくしていよう。

……なぁんて考えると思ったら大間違いだよな。

銀太はふふん、と鼻先で笑った。吉兵衛に叱られるのが嫌なら、とっくの昔に真面目になっている。お紺に恐ろしい目に遭わされるというのだって、何をされるかは分からないが、なんかちょっと楽しそうな気がする。

それに、お紺がどうしても清八に訊いてみたいことというのが気になる。これはこっそり後をつけて行き、話していることを盗み聞きしてやろう。

銀太は再び戸口から顔を出し、木戸口の方を覗いた。

お紺の姿はもうなかった。見張りの煙草売りが仁王立ちしてこちらを眺めている。歩き回るのはやめにして、ひたすら銀太の部屋の方を見つめることにしたようだ。

——木戸口からは無理だな。犬潜りも使えない。となると……。

他所様の家の中を堂々と通っていくしかない。

長屋の表店に住んでいる人々も厠は裏店にあるのを使っている。だから、表店のそれぞれの家とは裏口でつながっているのだ。そこから入って家の中を抜け、通りへと出ればいい。

新七や留吉の家の人たちは多分、銀太が長屋に留め置かれていることを大家さんから聞かされているだろう。そこは避けた方がいい。他の家も駄目そうだ。裏店に住んでいる子供だと知っていても、いきなり家の中を通ったら不審に思い、ちょっと待てと止められるに決まっている。そうなると、通れるのはあそこしかない。

——大家さんの家だな。

吉兵衛はさっき弥之助と連れ立ってどこかへ出ていった。家に残っているのは吉兵衛のかみさんだけだ。この人は口うるさい亭主と違い、のんびりとしたお婆(ばあ)ちゃんだから、「ごめんね、ちょっと通らせてもらうよ」と言えば、「おや、そうかい」と言ってにこにこと見送ってくれるに違いない。

——あとはどうやって大家さんの家の裏口までたどり着くかだけど……。

銀太は再び戸口から表を覗いた。路地の先の長屋の木戸口にはまだ煙草売りがいて、こちらを見張っている。ずっと待っていればいずれは隙もできるだろうが、ぐずぐずしているとお紺たちの話を盗み聞きできなくなる。急がねばなるまい。

銀太は堂々と路地へと足を踏み出した。見張りの男が体をぴくりと動かしたのが目の端に映る。それを横目に、銀太は手を自分の尻へと回した。

「うわっ、漏れる、漏れるっ」

内股で腰をくねらせながら見張りがいるのとは反対の、奥にある厠の方へと向かった。長屋の建物の角を曲がり、そこで立ち止まって耳をそばだてる。大丈夫、様子を見にやって来る気配はない。

銀太はまたふふん、と鼻先で笑い、それから建物の裏側を通って、吉兵衛の家の裏口へと向かった。

裏口の戸に手をかけた時、足下で「にゃあ」と声がした。下を見ると、いつの間にやって来たのか手斧がそこにいて、銀太を見上げていた。

「見送りに来たのか。じゃあ、行ってくるよ」

手斧に向かって小さな声で告げ、銀太はそっと戸を開けた。

二

手習所には何歳に入門しなければいけないというような決まりはない。だいたい六つくらいから来る者が大半だが、八つや九つの年から始めても一向に構わない。

辞め時もそれぞれの都合だ。男の子なら十一、二歳、女の子なら十四歳くらいまで通うという例が多いが、百姓や職人の子などはそれより早くいなくなる者がたくさんいる。もちろん、それとは反対に「お前まだいるのか」と驚かれるまで居座るような子もいる。

それに休むのも、遅く来るのも、早く帰るのも自由だ。年長の男の子は家業の手伝いの方が忙しくて来られなくなる者がいるし、女の子なら三味線など他の稽古事に通い出して昼からはそちらに行ったりする。これは仕方のないことだ。それに中には昼飯を食べにいったん帰り、面倒臭くなってそのまま家にいる、などという者だっている。それも好き好きだ。

つまり、手習などというものは決して通うことを強いられているわけではないから、通い始めるのも辞めるのも、来るのも休むのも、めいめいの勝手なのである。

ところが古宮蓮十郎が雇われ師匠をしているこの耕研堂には、六つの年に入門して以来、雨の日も風の日も、雪が降ろうが槍(やり)が降ろうが一日も休むことなく通い続けている子供がいた。

それが、銀太である。盆暮れ正月や五節句などは手習所自体が休みになるのだが、下手をするとその日も顔を出すという恐ろしい子だ。耕研堂は以前、それとは別に毎月一日、十五日、二十五日も休みだったのだが、銀太のせいで今はその日も昼までは開けることになっている。来てしまうのだからしょうがない。

銀太の父親は将棋の盤や駒を作る職人で、出入りしている店から注文を貰い、溝猫長屋の自分の部屋でそれらを作っている。だから、昼間に部屋にいられると邪魔なので追い出されるということもあるのだろう。銀太だけでなく、居職の職人の子供はそのために毎日真面目に通ってきているという者が多い。

もちろん、そんな子も熱を出したり腹を下したりして、どうしても手習に来られない場合がある。子供というのはまだ体が出来上がっていないので、大人よりも病がちになるのは当然なのだろうが、しかし銀太に限って言えばそれもないのである。いや、恐らく銀太だって腹くらいは下すだろうが、それでもやって来る無駄な根性の持ち主なのだ。

だからと言って手習の出来が優れているかというとそうでもないのが面白いところだが、それはともかく、耕研堂ではここ数年、銀太は必ずいるものになっていたのである。

——その銀太がいないと、こうも変わるのか。

蓮十郎は驚きながら子供たちを見回した。

みな大人しく筆を動かしている。静かなのはいいが、ちょっと不気味だ。

銀太や忠次はもう年長で目立つからよく叱られているが、その他の子供も、途中で飽きてお喋りや落書きを始めるのがいつもの光景なのである。子供とはそういうものだと思っているから、蓮十郎もまだ小さい手習子などに対しては、きつく当たることはない。気にはなるが、放っておくのが常だ。

それが今日は違う。なぜ銀太が来ていないのか、そのわけを知っている忠次と新七、留吉の三人が神妙な面持ちをしているのは分かる。しかし、その他の子供たちまで黙っているのは妙な感じだ。きっとその子たちは、いるのが当たり前になっている銀太の姿が見えないことで、居心地の悪さというか、どこか普段とは異なった雰囲気を感じ取って大人しくしているに違いない。

——まあ、どうせ二、三日もすれば慣れて、元に戻るのだろうが。

蓮十郎がそう思ってにやりとした時、戸口の方で誰かがやって来た気配がした。蓮十郎を呼ぶ遠慮がちな声が聞こえてくる。

天気の良い夏のことだから、耕研堂は表戸も部屋の障子戸もすべて開け放っている。だから誰が来たのかはちょっと顔を向けるだけで一目瞭然だ。やって来たのは弥之助だった。

忠次と新七、留吉の顔が強張るのを、蓮十郎は目の端で見た。銀太に悪いことが起こったのかもしれないと考えたのだろう。蓮十郎が腰を上げて戸口の方へ向かうと、この三人もすぐに立ち上がり、金魚の糞のように後ろからついて来た。

「……銀ちゃんに何かあったの？」

蓮十郎が口を開くより前に、忠次が訊ねた。

「いや、ここに来る前に溝猫長屋に寄ってきたが、一人で暇だと文句を言っていたよ」

弥之助がにこりと笑って答える。それを聞いた子供たち三人の顔にほっとしたような表情が広がった。

「何があっても銀太を長屋から出すなと、使っている連中に命じてある。だから心配せずに、お前たちは席に戻って字の一つでも覚えた方がいい」

弥之助は、しっ、しっ、と手で追い払うような仕草をした。子供たちは口を尖らせたが、それでもいくらか軽くなった足取りで戻っていく。

部屋では、蓮十郎が席を離れたことでそれまで静かだった年少の子供たちの何人かがぺちゃくちゃとお喋りを始めていた。弥之助の言葉で安心したからか、自分たちの天神机の前まで戻った忠次、新七、留吉の三人も同様である。

思っていたより早く元に戻ってしまったようだが、今はその方が、都合がいい。どの子も、こちらの話に耳を傾けている様子はない。

それを確かめた後で、蓮十郎は弥之助の方へ向き直った。

「どうも俺は、お前の使っている手下をあまり信用できないんだがな。下っ引きをやっているくらいだから元よりまともな人間じゃないのは間違いないが、それにしても間抜け面だ」

今は手習の師匠として、子供たちや他の大人たちの前ではそれなりに丁寧な言葉遣いを心掛けている蓮十郎だが、古くからの知り合いである弥之助に対しては少々雑な物言いになる。実はこちらの方が素に近い。

蓮十郎は、耕研堂に雇われる前は剣術道場の師範だった。今でこそ尾羽打ち枯らした瘦せ浪人のなりをしているが、剣に関してはかなりの腕前なのだ。達人と言ってよかった。しかしその道場はあっさり潰れてしまった。なぜなら門人を容赦なく叩きのめしたからである。蓮十郎という男は、剣を持つと相手を痛めつけるのが好きな恐ろしい人間に変わるのだ。

しかし、決して今の蓮十郎が猫を被っているというわけではない。子供たちに字を教える説教下手な手習師匠と、門人を叩きのめす恐ろしい剣術師範、そのどちらも本当の蓮十郎である。人というのはそういうものだ。

「……おい、弥之助。手下にしっかり見張らせておかないと、銀太に出し抜かれるぜ。つまらないからと言って、ふらふらと長屋を抜け出すかもしれん。何しろあいつは、儀助が『ぎんた』という名を口にしたということを知らないんだからな」

十二歳の子供に「次はお前が死ぬ番のようだ」と告げるのはさすがに酷だから、銀太には「次はお前が儀助の幽霊に出遭うに違いない。しかも前の時と同じように、『見る』『聞く』『嗅ぐ』が一気に来るだろう。だから出歩くのはよせ」と言って長屋に押し止めようとしたらしい。しかしそれでも銀太は「別にいいよ」と平気な顔で手習に来ようとするので、「儀助の幽霊が出ると決まって誰かの死体も一緒に見つかるので、お願いだから大人しくしてください」と手を合わせて納得させたと聞いている。

だがどうやら昼近くになって、一人で長屋に籠っていることに飽きが来ているようだ。見張りの目を盗んで長屋の外へ出てしまうかもしれない。

「古宮先生がおっしゃっている間抜け面ってのは、『煙草売りの仁』のことでしょう。確かにあいつはそれほど頭の回りは速くないが、言われたことを馬鹿真面目にこなすやつです。ここで見張っていろと命じれば、何があろうとずっと動きません。溝猫長屋は周りを板塀で囲まれていて木戸口からしか出入りできないから、そこを押さえておけば銀太は出られない」

「しかしなあ……」

「しかも今回は念を入れて、仁とは別にもう一人、私が使っている中で最も有能なやつをこっそり銀太につけています。頭も働くし、肝も据わっている。信頼のおける男ですよ」

「そんな野郎、いたかな」

蓮十郎は首を傾げた。

「あまり外へ出るのは好きじゃないという無口な男で、いつもうちの煙草屋の中で黙々と働いているだけなので古宮先生は知らないのでしょう。多分、先生なら一目会っただけで恐ろしい男だということが分かりますよ。『ちんこ切の竜』ってやつで……」

「おいおい……」

ちんこ切とは「賃粉切」のこと。賃銭を取って葉煙草を刻む仕事をする者のことである。煙草屋にそういう人間がいるのは当たり前のことだし、それが下っ引きとして弥之助の下で働いているのも不思議はない。有能だというのも、弥之助が言うのだからそうなのだろう。しかし、それにしてもその二つ名は何だ？

確かにある意味、恐ろしい男である。そんな呼ばれ方をしているやつを相手にしたくはない。

——それはともかくとして……妙だな。

心の中で呟きながら蓮十郎は弥之助の顔を見た。たとえその「ちんこ切の竜」がどんなに有能な男であっても、銀太の身が危ないのだから、本来の弥之助なら自身が体を張って守りにいくはずだ。それなのに、なぜ今、こんなところでふらふらしているのか。「泣く子をあやす」子供好きな弥之助親分なのに、切実さが足りない気がする。

「……なあ、弥之助。俺にはお前が、銀太は殺されないものと考えているような気がするのだが。何かそう考えるわけがあるのか」

「ああ、さすが先生だ。お察しの通りです。殺されているのは丸亀屋のお千加さんの婿として名があがった人たちだ。だから、縁談相手を探すのを止めれば、人が殺されるのも止まるはずです。それで溝猫長屋の大家の吉兵衛さんに丸亀屋さんへ行ってもらっているところでしてね。今頃は、しばらく婿探しを見合わせるよう必死にお願いしていることでしょう」

「うむ、それは当然しなければいけないことだろう。だがな、弥之助。それでは儀助の幽霊が銀太の名を口にしたわけが説明できていない」

「ええ、それなんですよね……」

弥之助は天を仰いだ。しばらく晴れ上がった空を見上げながら頭をぼりぼりと掻く。それから、ううむ、と唸りながら蓮十郎へと顔を戻した。

「実は昨日の晩ここに来る前に、私はお紺を家まで送って行ったんですけどね。その際に、丸亀屋の丁稚の名が直太であることを誰から聞いたのかとあの娘から訊かれたんですよ。それで、その時の様子を細かく話しているうちに、怪しいやつが一人、頭に浮かんできましてね。それからゆうべ一晩中頭を捻って考え続けて、儀助と乙次郎、それから兼蔵を殺したのは、まあ間違いなくそいつだろうという結論を得たんですが……」

「だったら悩むことはない。さっさとそいつを捕まえろ。証拠がないのなら石を抱かせてでも吐かせればいい。なんなら俺が、そいつを痛めつけるのを手伝ってやっても……」

「いや、それも考えたんです。たとえば手下の誰かをお千加さんの縁談相手に仕立て上げて、私と古宮先生でやつが襲ってくるのを待ち構えるとか。しかし駄目なんです。それでは儀助の幽霊に申しわけが立たないんですよ。あの人の思惑から外れてしまう。きっと悲しむに違いありません」

「ああ?」

何を言っているのか分からない。自分を殺した相手を捕まえてやるのだ。なぜそれで儀助の幽霊が悲しむというのか。

「すまんが、俺に分かるように説明してくれないかな」

「ええと、つまりですね、そもそもどうして儀助の幽霊は、次に死ぬ人間の名を口にしたのかということです。初めは、実は儀助自身が呪い殺しているのではないか、などという馬鹿なことも考えました。自分の妻になるはずだったお千加さんへの執着から、その縁談相手を死に至らしめているのではないかと。しかし、それは違いました。色々な人に聞いて回りましたが、せいぜい真面目すぎるというくらいで、儀助のことを悪く言う者は一人もいなかったんです。とにかくお店のことを常に考えている、心優しい番頭さんだったらしい。だから、むしろ儀助は、下手人がこれ以上悪事を重ねないように、我々に止めてほしくて次に狙われる人を教えていたのではないかと、そう私は考えたのです。しかし大変心苦しいことに、私にはそれができなかった」

「ううむ……しかし、それなら儀助は、狙われる者の名ではなく、初めから下手人の名を告げれば良かったのではないかな」

「その通りです。しかし儀助はそうしなかった。殺しを止めたいとは思っていたが、捕まるのはまずいと考えていたからでしょう」

「……ははあ、分かったぞ。そういうことか」

蓮十郎は納得して深く頷いた。お店のことを常に考えている心優しい番頭。だが、その優しさが仇となったようだ。

「俺が幽霊なら自分を殺した相手を呪い殺してやるところだが、優しいからそれもできないのか。迷惑な話だ。そんなのは優しさじゃない、弱いだけだ。そのせいで人が何人も死んだじゃないか……と、もし儀助の幽霊に遭ったらそう言って罵っておいてくれ。それで結局、儀助や乙次郎、兼蔵を殺したのは誰だ。丸亀屋の奉公人なんだろう」

もし店の奉公人から殺しの下手人が出たとしたら丸亀屋はただでは済まない。当然潰されるし、主の市左衛門も責を問われる。お千加も不幸になる。それを避けるために、儀助は相手の名を告げられなかった。しかし殺しが続くのは止めたいから、次に狙われる者の名を口にするという回りくどいことをしていたのだ。

「恐らく、下手人は清八ですよ。古宮先生も会ったことがあると思いますが」

「ああ、あいつか」

蓮十郎は、耕研堂の代わりとして使おうとして丸亀屋の元の方の店を見に行った時のことを思い出した。かくれんぼをしていて儀助の幽霊と出遭い、気を失った忠次が屋根から転げ落ちてしまっていた。その忠次を心配げに見ていたのが、丸亀屋の手代の清八という男だった。

「それほど悪いやつには見えなかったけどな。清八が下手人だと考えたわけを聞こうか」

「丸亀屋の奉公人の中で、乙次郎と兼蔵を殺せたのは清八しかいないからですよ。兼蔵の方が分かりやすいでしょう。得意先を回るために店から出ていた兼蔵を、清八は探しに出かけていた。途中で会い、人目がない場所へ来たところで刺せばいいだけだ。そっちの件は目黒の親分さんが調べているのですが、紙入れなどがなくなっているから物取りだと考えているようです。しかしそれも、どこかに隠すなり捨てるなりして、いくらでも誤魔化せます。そうして何食わぬ顔で

『見つからなかった』と言って店に戻ればいい。実際、清八はそうしたのでしょう。それから、乙次郎は夜中に殺されたと考えられます。丸亀屋の奉公人の中で夜中に抜け出せるのは、鍵を預かっている清八だけです。もう一人、儀助が亡くなってから手伝いに来ている、元の番頭の彦作さんは他所から通ってきているので乙次郎を殺せると言えなくはない。しかし兼蔵が殺された時、彦作さんは店にいたようです」

「ううむ、あくまで儀助の幽霊の思惑ありきの考えだな」

もし下手人が丸亀屋の中にいるなら清八になるというだけの話だ。

「その通りですが、しかしお千加さんの縁談相手が続けて殺されるってのは妙な話ですから、やはり丸亀屋の者が怪しくなります。儀助はともかく、乙次郎と兼蔵はまだ内々で話を進めていただけですからね。外の者は知らなかった」

ふむ、と蓮十郎は頷いた。一つ一つの決め手は弱いが、重ねて考えるとやはり清八が怪しいということになりそうだ。

「しかし、そもそもなぜ清八は、儀助や乙次郎、兼蔵を殺したんだ」

「それについては本人に聞かなければ本当のところは分かりません。しかし損得を考えると、間違いなく清八の得になることがあります。お千加さんの縁談相手を殺し続けていけば、いずれは間違いなく清八に順番が回ってくる。丸亀屋の婿に収まり、店を自分のものにできます」

「なかなか回ってこなかったらどうするんだ。十人でも二十人でも殺し続けるのか」

「まあ、そうなりますね。しかしそこまで行く前に、お千加さんに悪い噂が流れて婿のなり手がいなくなるでしょう。そこへ清八が名乗り出れば、父親の市左衛門さんに恩が売れる。店を継いだ後で口出しされにくくなるでしょう。ああ、それと、もしかしたらお千加さんが目当てだということも考えられます。町で評判の美人ですからね。奉公人である清八が密かに惚れていて、近づく男を片っ端から殺しているという……」

「ああ、そっちの方が面白いな」蓮十郎はにやりとした。「そういう気味の悪い男の方が、痛めつけ甲斐があるってもんだ……なあ弥之助、清八は今どこにいるんだ。お前のことだから動きはつかんでいるんだろう」

「清八は今日、前に子供たちがかくれんぼをした元の丸亀屋の方へ行って蔵の片付けをしているようです。しかし古宮先生、何やら楽しそうな笑みを浮かべていらっしゃいますが、清八を捕らえることはできませんよ。さっきも申しましたように、それでは丸亀屋がただでは済まないんです。それを避けようとしている儀助に悪いし、それに多分、お多恵ちゃんも儀助と同じ考えだと思うんですよ」

「うん？」

溝猫長屋にある「お多恵ちゃんの祠」の主の名がいきなり出てきた。どういうことだと首を傾げながら蓮十郎は弥之助の顔を見た。

「溝猫長屋の子供たちが幽霊に遭うのはお多恵ちゃんの祠のせいです。お多恵ちゃんが遭わせているわけだから、当然そこにお多恵ちゃんの思惑というものが働く。恨みを呑んで死んだ者はあちこちにいるから、恐らく幽霊もあちこちにいることでしょう。その中で、今回は儀助さんの幽霊だけを立て続けに遭わせている。大家さんに聞いたのですが、丸亀屋のお千加さんは子供の頃、何度か溝猫長屋に遊びに来たことがあるそうです。その際、お多恵ちゃんの祠の周りを綺麗にして、きちんと手を合わせていたらしい。だからきっと、お多恵ちゃんはそんなお千加さんが不幸になることを望まないと思うんです。それで、子供たちを通して私たち二人に、どうにかうまく始末をつけろと、そう言っているように感じるんです」

「おいおい、本当かよ」

今度は蓮十郎が天を仰いだ。今から三十年近く前、乱心して刀を振り回しながら溝猫長屋に飛び込んできた侍がいた。そいつは長屋の奥にいた男の子を斬ろうとしたが、その子を庇って、代わりに一人の女の子が斬り殺されてしまった。それがお多恵ちゃんである。その後、お多恵ちゃんの霊を慰めるために作られたのがあの祠だ。そして、その時お多恵ちゃんに助けられたのが、まだ小さかった頃の弥之助である。

だから、子供たちだけじゃなく弥之助までがお多恵ちゃんの意思の下に入っているのは分かる。しかし……。

——なぜ俺まで数に入れる?

いや、弥之助が勝手に仲間に引き込んでいるだけか。しかしそれも弥之助を通して、お多恵ちゃんの意思が動いているのかもしれない。いや、だが……。

蓮十郎はわけが分からなくなって、大きく首を振った。どうせいくら考えてもこの答えは出そうもない。頭を使うだけ無駄だ。

それより弥之助がまだ肝心なことに答えていないことに気づいた。それを訊こうと口を開きかけた時、通りの向こうから吉兵衛がやって来るのが見えた。

「ああ、古宮先生。それから弥之助もいたか。うん、ちょうど良かった。丸亀屋さんからお暇しできたところなんだが……」

「どうなりましたか?」

心配げな様子で弥之助が訊ねる。

「うむ。しばらくの間は婿探しを止めることに承知してくれたよ」

「ああ、それは良かった」

弥之助がほっとした様子で、ふうっ、と息を吐いた。もちろん蓮十郎も胸を撫で下ろす。

「だが、いつまでもというわけにはいかんぞ。お千加ちゃんが可哀想だからな。いいか弥之助、お前はこんな所で油を売っていないで、早く儀助さんたちを殺したやつを捕まえるんだ。そうしないと、銀太だっていつまでも手習を休むわけにもいかないし……」

吉兵衛の目がひょいと耕研堂の中へ動いた。蓮十郎も振り返って眺める。弥之助と蓮十郎の話が長くなっていたので、多くの子供たちが自分の天神机の前を離れて遊び始めていた。

「こらっ、しっかりと字を覚えないと、大人になった時に困るのはお前たちだぞっ」

吉兵衛の怒声が飛んだ。子供たちがびくっと体を震わせ、それから大慌てで自分の席へと戻っていく。

「忠次に新七、それに留吉。古宮先生がいない時はお前たちが年下の者たちを見ていないといけないのに、お喋りしているとは何事だ。だいたいお前たちは……」

　吉兵衛がぶつぶつと言いながら耕研堂の中へ入っていく。ああ、これは昼間から説教が始まるな、と蓮十郎はその背中を見送りながら苦笑いを浮かべ、それから弥之助の方を向いた。

「さっきの話に戻るが、お前はまだ肝心なことに答えていない。儀助の幽霊が銀太の名を口にした、そのわけだ」

「ああ、そのことですか……」弥之助は腕組みをして首を傾げた。「それについては、実は正直なところよく分からないのです。もし銀太がお千加さんの次の縁談相手になったなら、清八から命を狙われるでしょう。しかし、まさかそんなことはあり得ません。他に考えられるとしたら、下手人の正体が清八であることに銀太が気づいた場合でしょうが……」

「あの銀太がなあ……」

　そこまで頭が回るとはとても思えない。

「だから、私も考えあぐねているのです。もしかしたら忠次の聞き間違いかもしれないし、兼蔵の時のように我々が人違いをしていて、別の『ぎんた』なる人物が狙われるのかもしれません。しかし、はっきりするまでは溝猫長屋から銀太を出さないようにしなければならない。まあ、その辺りはうちの連中に任せてもらって結構です。何の心配も……」

　弥之助がそこまで言った時、がちゃがちゃという音が近づいてくるのが聞こえた。蓮十郎が目を向けると、さっき弥之助が「煙草売りの仁」と呼んでいた下っ引きが、肩に担いだ箱の取手を鳴らしながら、慌てた様子で走ってくるのが見えた。

——火急の用があるなら、その煙草の入った箱を置いてくればいいのに。

やはりあいつは間抜けだ、と思いながら蓮十郎は見守った。

二人の目の前まで来た「煙草売りの仁」は、はあはあと肩で息をしながら、絞り出すような声を出した。

「お、親分、大変だ。ぎ、銀太が、長屋からいなくなっちまった」

「なんだと？」

弥之助が手下を睨みつけた。

「申しわけありません。てっきり厠に入っているものとばかり思っていて……」

「謝るのは後でいい。とにかく急いで溝猫長屋へ戻るぞ」

弥之助が駆け出した。その背中へ蓮十郎は声をかける。

「それより、清八の所へ行った方がいいんじゃないのか」

はっきりと耳に届くような大きさだったのに、なぜか弥之助は蓮十郎には答えず、手下へと向かって告げた。

「まだ長屋の近くにいるはずだ。いや、中に隠れているかもしれん」

「いや、そうではなくて……」

弥之助の背中が通りの角を曲がって見えなくなった。「煙草売りの仁」も、疲れているのかふらふらとした足取りで後に続いた。弥之助の言葉通り、二人が向かったのは溝猫長屋の方角だった。清八のいる、元の丸亀屋の方ではない。

蓮十郎は、ちっ、と舌打ちした。もう弥之助の意図に気づいていた。

――ふん、そういうことかよ。

耕研堂の中へと目を向けると、いつも蓮十郎が座っている師匠の席の前に吉兵衛が立ち、子供たちに向かって何やら説教を食らわせていた。しばらく続きそうだ。

蓮十郎は裏口へと向かい、そこから別室に入って手習の最中は外している刀を腰に差した。そうしてすぐに踵を返し、元の丸亀屋へ向かおうと裏口の戸をくぐろうとした。その時、すぐ足下で「にゃあ」という声が聞こえた。

見下ろすと、そこに黒と茶の入り交じった汚い模様の猫がいた。

「……お前は、溝猫長屋にいる雌猫じゃないか。確か……手斧だったか」

名を呼ばれた猫はもう一度「にゃあ」と鳴き、それから土間の横の方へ顔を向けた。蓮十郎もそちらへ目を向けると、一本の荒縄が転がっていた。

「なんだ、これが欲しいのか」

蓮十郎は腰を屈めて拾い上げた。そして、それを手斧にやろうとして顔を上げると、すでに猫の姿は消えていた。慌てて外を覗くと、足早に溝猫長屋の方角へと戻っていく手斧の後ろ姿が見えた。

まったく急いでいるのに何事だ、と腹を立てながら蓮十郎は戸をくぐる。そうして、早く清八の元へ行かなければと足を踏み出した。しばらく進んだところで、自分がまだ縄を持ったままであることに気づいた。

歩きながら縄を見つめる。どうして俺はこんなものを持っているのかと首を捻る。

――ははあ。なるほど。

少しすると、すべてが腑に落ちたような気がして蓮十郎はにやりとした。

――あの猫は、お多恵ちゃんの使いのようなものか。

やはり自分もお多恵ちゃんによって動かされている。どうして銀太の名が儀助の口から告げられたのか。実際に、銀太の身に何かよからぬことが迫っているからというのもあるだろう。しかし同時に、この俺を動かすためというのもあるのではないか。

丸亀屋やお千加に傷をつけずにこの件を始末するように、お多恵ちゃんが儀助の口を通して銀太の名を使ったのだ。そうすれば、間違いなく俺が動くと考えて。

――ふむ。思惑通りになるのは少々癪に障るが……。

俺よりも銀太の方がよっぽど災難だからな。まあいいか、と蓮十郎は笑い、元の丸亀屋へと行くために急ぎ足になった。

三

銀太はお紺の後をつけている。

吉兵衛の家を通り抜ける際、中にいたお婆ちゃんに「菓子でも食っていけ」と呼び止められたのが誤算だったが、それを振り切った後はうまくいっていた。誰にも見とがめられずに丸亀屋のそばまで来たら、ちょうど中からお紺が出てくるところだったのだ。

これもうまく見つからずに身を潜めることができた。その後は、少し間を空けてお紺の後ろを歩いているだけである。

――どうやら、丸亀屋さんの元の方の店に行くみたいだな。

前にみんなでかくれんぼをした、あの場所だ。清八はそちらにいるらしい。

そう考えながらついて行くと、案の定お紺は丸亀屋の元の店の前へとたどり着いた。この前、銀太たちが入った時と同じように、脇にある木戸を通って中へと消えていく。

銀太もすぐに木戸に取り付いた。もちろんすぐに入ることはせず、わずかに開けた隙間からそっと中を窺う。お紺が建物の角の向こうへと曲がっていくのが見えた。

確かそっちは、裏側の雑木林と建物との間にあるちょっとした庭になっていた。さらにその先には蔵が三つ並んで建っている。

銀太は足音を忍ばせて、お紺が消えた建物の角まで近づいた。首を伸ばしてそっと覗き込む。

お紺の背中が見えた。蔵の方へとまっすぐに向かっている。戸が一つ開いているのがあるので、きっとその中に清八がいるのだろう。

蔵の外に箱がいくつか積まれていた。新しい方の丸亀屋に移すために、中から運び出したようだ。かくれんぼをした時も清八は蔵の片付けをしていたが、それの続きをしているらしい。儀助の死体が見つかって騒ぎになったので、仕事が途中で止まっていたのに違いない。

――そうそう、すっかり忘れてた。

儀助の死体で思い出した。自分は幽霊に遭うかもしれなかったんだ。

銀太は慌てて鼻を動かし、辺りの臭いを嗅いだ。近頃雨が降っていないからか土埃（つちぼこり）の臭いがしたが、それだけだった。今度は聞き耳を立ててみる。お紺の足音がかすかに届くくらいで、ひっそりとしていた。次に雑木林の方へと目を向ける。何も動くものはない。

幽霊が出そうな気配はどこにもなかった。銀太はほっと胸を撫で下ろしながらお紺へと目を戻した。

すでにお紺は、戸が開いている蔵のすぐ手前までたどり着いていた。覗き込みながら、中へと声をかけている。相手が銀太たちではないので、澄ましたような見事な作り声だった。薄気味悪いが、お蔭で声が高く、聞き取りやすい。まず、清八さん、と呼びかけて、その後は当たり障りのない挨拶をしている。

中にいる清八からも返事があった。こちらは蔵の中にいるせいでくぐもっており、何を言っているのかまったく分からない。

――もっと近づかなきゃ駄目だな。

お紺はちょうど蔵の戸口の所に立っている。一歩でも中に入ってくれれば横から回り込むということもできるが、これでは無理だ。見つかってしまう。

銀太は身を潜めていた建物の角から出て、蔵が真正面に見える場所まで動いた。足音を立てないように気を付けながら、真後ろからお紺へと向かって歩いていく。

お紺が振り返ってしまえばお終いだが、あそこに立たれている限り、話し声が聞こえる場所まで近づくにはこれが一番だ。

——まあ、見つかっても別に構わないし。

お紺ちゃんから恐ろしい目に遭わされるのも面白そうだ、と気楽な気持ちで銀太は動いた。案外とそれがよかったのか、お紺は後ろにいる銀太にまったく気づかずに話し続けている。中にいる清八も蔵の横の方にいるのか、銀太の姿を認めていないようだった。

大胆にも銀太は、お紺の後ろわずか二間ほどにまで近づいた。

「……それで、お紺ちゃんは何しにここへ来たんだい」

清八の声が聞こえてきた。よかった、これから肝心なところが始まるようだ。

「あたし、どうしても清八さんに訊きたいことがあって来たんです。正直にお話ししてくれるって約束してくれたら嬉しいんだけど……」

相変わらずの作り声でお紺は言った。胸の前で手を合わせ、心なしか腰をくねくねとさせている。お紺ちゃん……気持ち悪いぞ、と銀太は後ろから眺めながら思った。

「へぇ、何のことかよく分からないが、いいよ、何でも正直に話してやるよ」

清八の声の調子に、心なしかうきうきしているような気配が感じられた。もしかしたらお紺相手に鼻の下を伸ばしているのかもしれない。こいつ……馬鹿だな、と思いながら銀太は聞き耳を立てる。

「よかった。それじゃあ訊くけど、儀助さんの死体が見つかった日、溝猫長屋の子供たちがここでかくれんぼをしたでしょう。その時、清八さんは確か、そっちの雑木林は裏の寺の土地だと子供たちに言ったみたいだけど……」

お紺が横を向いたので、銀太は思わず首を竦めた。しかし幸いなことに見つからなかった。あと少し首を巡らせば後ろにいる銀太に気づいたかもしれなかったが、お紺は雑木林の方へ軽く目を向けただけで、すぐにまた蔵の中へと顔を戻した。

「本当にそうなのかしら？」

「う、うむ。そうだよ。だから子供たちには、店の中でかくれんぼをするように言ったんだ」

「それなら死体が出てきた後で、当たり前のように弥之助親分さんとか、親分さんを使っている町奉行所のお役人様とかが出てきたのはなぜでしょうか。あたしは、詳しいことは分からないんだけど、お寺の土地なら寺社奉行所の支配下になって、色々と面倒なことになるんじゃないかしら」

「いや、それは……」清八は少し言い淀んだ。「ええと……多分、親分さんの知らない上の方で、ちゃんと話がついたんじゃないかな。それにほら、死体が出たなんて大変なことだから、面倒を避けるために寺の人は何も言わなかったんだと思うよ」

「それなら、そっちの雑木林は裏のお寺の土地ってことで間違いはないのね」

「ああ、もちろん」

ふうん、と呟いて、お紺は首を傾げた。目はまっすぐに清八の方へ向けているようだ。

「昨日会った時に、親分さんに確かめておけばよかった。まあいいわ。今度会った時に訊けばいいだけだから」

「あ、ちょっと待ってくれ……うん、実はそこの雑木林は、丸亀屋の土地なんだ。子供たちに嘘を吐いたのは、この蔵とか、向こうにある旦那様たちが使っていた家に入ってほしくなかったからで……」

「家には鍵がかかっているでしょう。蔵にだって、閂（かんぬき）があってさらに錠前までついている。閉めておけばいいだけじゃない」

「いや、でも……、かくれんぼをする時に店の中と雑木林の両方をうろうろされると、汚れが店の中に入るかもしれないからで……」

「そもそも店の中でかくれんぼをすることを許したのがおかしいのよ。あたしには、子供たちを自分の目の届く所に置いておきたかったからとしか思えないわ。追い払ってもよかったけど、また舞い戻って雑木林をうろうろされたら大変だし。万が一、腐った死体の臭いに気づかれると困るものね。それから、もし耕研堂の代わりとしてここが使われた時に子供たちが雑木林に入らないよう釘を刺しておく意味もあって、お寺の土地だと言ったというのもあるでしょうね」

「いや、そんな……」

清八はしどろもどろになっている。そしてお紺の方も、いつの間にか作り声をやめて、銀太たちを相手にしている時のような声音と話し方になっていた。

「まあ、それについてはもういいわ。違うことを訊ねるわね。昨日あたしは清八さんにお会いしたけど、殺された兼蔵さんのことを子供の頃からお互いに知っているとおっしゃったことを覚えているかしら」

「あ、ああ……。兼蔵さんのところはうちから暖簾分けした店で、行き来があったから……」

「それなら、兼蔵さんがお店を継ぐ前は直太郎と名乗っていたことも、当然知っていたはずよね。周りの人からは直太って呼ばれていたことも」

「そりゃあ、まあ……」

「それなら、どうしてそれを弥之助親分に教えてあげなかったの？」

お紺が鋭い声で訊ねた。清八の返事を待たずに、すぐに言葉を続ける。

「丸亀屋さんの丁稚の直太を、親分さんの手下が見張っていたのは分かっていたはずよ。あんなに堂々とお店の前をうろうろしていたんだから。いえ、そもそも丁稚の名前が直太だと親分さんに教えたのは清八さんらしいじゃない。その時に、どうして兼蔵さんのことを告げなかったのかしら」

「いや、それは……失念していて……」

「わざとじゃないの？」

お紺はずいっと一歩、前へと足を踏み出した。体半分ほど蔵の中に入っている。

それを見た銀太は腰を浮かした。いくら鈍いと言っても、さすがにここまで聞くと、お紺が殺しの下手人として清八を疑っているのだと気づいた。もし何かあったら助けに飛び出そうと考えている。

「そうそう、お千加ちゃんから聞いたんだけど、番頭の儀助さんが亡くなってからは、清八さんが住み込みの奉公人の中では一番上になっているそうね。若いのにたいしたもんだわ。お店の戸締りとかも清八さんが確かめて、鍵も預かっているとか。つまり夜に抜け出すことができるってわけね。それから、昨日は兼蔵さんを探すと言って歩いていた。儀助さんについては分からないけど、一緒のお店で働いているのだもの、いくらでも狙う隙はあったはずだわ」

「おいおい、ちょっと待ってくれよ……、お紺ちゃんは三人を殺したのが俺なんじゃないかと疑っているようだが、それは大間違いだぞ。直太……いや兼蔵さんの死体からは、紙入れやら煙草入れやらがなくなっていたそうじゃないか。物取りの仕業だよ」

「そう見せかけているだけかもしれないわ」

「いやいや、お紺ちゃんの考えすぎだよ。とにかく、妙な言いがかりをつけるのはやめてくれないかな。俺がやったという証拠は何一つないんだ」

「そうね。その通りだわ」

　お紺は頷き、顔は清八の方へ向けたままで片方の足を後ろへ下げた。体が半身になる。そろそろ二人の話が終わりになりそうな気配を感じ、銀太は身構えた。

「ものすごく疑わしいんだけど、清八さんの言うように証拠はない。残念だわ。でも、まだ何か忘れていることがあるかも。お千加ちゃんと二人で考えれば出てくるかもしれないわね」

「おい、ちょっと待て……まさか今の話を、うちのお嬢さんにする気なんじゃ……」

「そのつもりよ。そうしたらどうなるかしら。これだけ疑わしいんだもの、お千加ちゃんも清八さんのことを怪しむに違いないわ。もしあなたがこの先、お千加ちゃんと一緒になることを夢見ているのだとしたら、諦めた方がいいわね」

「おい……待てよ……」

「片付けの邪魔をして悪かったわ。あたしはもう行くわね」

清八の、「待てと言ってんだろう、この女っ」という怒声に近い声が響いた。もちろんお紺はそんな言葉に従うわけがない。ふん、と言ってから、くるりと踵を返した。

お紺は、そのまま素早く蔵から出て戸を閉め、閂をかけ、さらに錠前までかけて清八を中に閉じ込める……腹だったのだろう。

だが、そうはならなかった。軽い足取りでぽんっ、と蔵から出たら、すぐ目の前に銀太がいたのである。

銀太の方もびっくりした。お紺が危ないと感じて飛び出したら、そのお紺がいきなりこちらに向かってきたのだから。

見事に真正面からぶつかり、二人とも尻餅をついた。

「ちょっと、なんであんたがここにいるのよっ」

「お紺ちゃんを助けようと思って……」

「そもそもあんたは長屋にいるはずじゃないのっ」

「ごめん……」

銀太は謝り、上目遣いでお紺を見た。その背後の蔵の戸口に、清八がぬっと姿を現した。

あっ、と声を上げた時にはもう、お紺は捕まっていた。清八が後ろから腕を伸ばし、お紺の首に巻きつけたのだ。

お紺の顔が歪んだ。苦しそうに足をばたばたと動かし、腕を振り解こうと必死にもがく。だが、無理だった。清八はものすごい力でお紺を蔵の中まで引きずっていった。

蔵の真ん中辺りまで行ったところで清八は腰を伸ばした。首を絞められているのでお紺も立ち上がらざるを得ない。すると清八は、腕を振り回すようにしてお紺を蔵の奥へと放り投げた。

明るい日差しの中にいる銀太には蔵の奥の方は暗がりになっていて見えなかったが、恐らく片付け途中の荷が積んである所へお紺は突き飛ばされたのだろう。何かが崩れるような音がして、その後に「痛ぁい」というお紺の声が響いた。

今度は銀太へと清八が向かってくる。銀太は慌てて立ち上がり、逃げ出そうとして後ろを振り返った。しかしそうするのが少々遅かった。やはり清八の腕が伸びて、銀太の首筋に巻きついた。

ぐっと体が持ち上げられ、首が絞まる。銀太は宙に浮いている足を必死に動かして清八を蹴ったが、まったく効き目はなかった。

次第に苦しくなる。頭も痛くなる。目の前が徐々に暗くなっていく。

——ああ、これはもう駄目かも。

体がふわっとしたような感じに包まれた。まるで空を飛んでいるみたいだ。死ぬっていうのはこんな感じなのか、と銀太は思った。

その直後、体に激痛が走った。「痛えっ」という叫び声が口から飛び出す。いつの間にか息ができるようになっていた。慌てて何度も吸ったり吐いたりする。

しかし相変わらず目の前は暗い。どうしたことだと見回すと、何のことはない、暗い中に放り出されただけだった。つまり、蔵の中へと投げ飛ばされたのである。

足の先の方で戸が閉まる音がした。閂と錠がかけられる音も続く。

「お前たち、大人しくしているんだぞ」

戸の向こうで清八の声がした。やがて蔵から遠ざかっていく足音が耳に届く。

「……どうやら閉じ込められたようね」

今度は頭の先の方から声がした。もちろんお紺である。えらく機嫌が悪そうな声だった。

「あたしがしようと思っていたことを、反対に清八さんにやられちゃったってわけね。本当に悔しいったらないわ。銀太ちゃんのせいだからね」

銀太が顔を上げると、仁王立ちしてこちらを見下ろしているお紺の影があった。明かり採りの窓を背にしているので表情は見えないが、多分怒っているのだろう。

「ごめん……」

銀太は再び謝りながら体を起こした。そのまま正座をして背筋を伸ばす。そうしろとお紺に強いられたわけではないが、叱られ慣れているせいで、こういう場合、特に考えなくてもこんな姿勢になってしまうのだ。習い性というやつだろう。

「あたしはね、あの男をここに閉じ込めてから、お店を辞めて出ていくようにじっくりと説得する気だったのよ。親分さんやお役人様に突き出すようなことをするつもりはなかったわ。殺された人たちには悪いけど、どうせあんなやつは、いずれどこかで碌でもない死を迎えるでしょうからね。それより丸亀屋さんを、と言うかお千加ちゃんを守ることの方が大事だから。だけど今となってはもう無理ね。誰かさんが長屋で大人しくしていないばっかりに」

銀太は首を竦めた。吉兵衛も同じことをくどくどと叱るしつこさがあるが、お紺からはそれに加えて、どこか嫌味ったらしいというか、ねちっこさのようなものを感じる。

「それにしてもあの男、これからどう動くつもりかしら。やっぱりあたしたちを殺そうとするのかしらね。まあ、それでも構わないわ。多分だけど、死ぬのは銀太ちゃんだけだから」

「へ……それ、どういうこと」

「ああ、これは内緒にしておく話だったわ。ごめんね、銀太ちゃん。弥之助親分や大家さんに悪いから教えられないの。ついうっかり漏らしちゃったけど、気にしないでね」

「そんなぁ……」

わざとだ。間違いなくわざと言ったに決まっている。

「教えてよ、お紺ちゃん。気にするなって言われても無理だよ」

「だったらちゃんとあたしに謝りなさい。さっきから『ごめん』とは言っているけど、そんなの謝っているうちに入らないわ。ちゃんと手を突いて、頭を下げて言わないと」

「ううん……」

銀太は前に手を突いた。ちょっと腹が立つが、仕方がない。

「お紺ちゃん、本当に……」

申しわけありませんでした、と言って頭を下げようとした。

その時、銀太の鼻へ、とてつもなく嫌な臭いが飛び込んできた。

「……臭ぇ、臭ぇよ、お紺ちゃん」

「は？　突然何を言い出すのよ。花も恥じらう乙女のあたしが、臭うわけないでしょう」

「違うよ、そうじゃなくて……、あれだよ、あれが来たんだよ」

お化けだ。儀助か、あるいは他の人か分からないが、とにかく幽霊が現れるのだ。

「それなら続けて言わないでよ。まるであたしから嫌な臭いが出ているみたいに聞こえるじゃない」

まったく冗談じゃないわよ、とお紺はますます怒ったような口調で言った。しかし銀太には、そんなお紺に構っている余裕はなかった。周りをきょろきょろと見回す。

すでにかなり目が慣れているので、薄暗い蔵の中がだいぶ見えるようになっている。お紺の背後の、蔵の奥には箱が積まれていて、そのうち幾つかは下に転がっていた。投げ飛ばされたお紺が崩したのだろう。その辺りに怪しいものの姿は見えない。

横を向くと、蔵の壁があるだけだった。後ろを振り向く。しっかりと閉じられた戸口の隙間からわずかに光が漏れているのが見える。そちらにも誰もいない。さっき見たのとは反対側の方の蔵の壁を見る。そこにあるのは、やはりただの壁だ。

おかしい。何かが腐ったような、嫌な臭いは続いている。それなのに、肝心の幽霊の姿がどこにも見えない。

銀太は目を、お紺へと戻した。そして、あれ、と首を傾げた。

座っている銀太からは、見上げるようにしなければお紺の顔は見えない。ちょうど重なるようにその後ろに明かり採りの窓があるので、お紺の顔は真っ黒い影になっている。

その影が妙に大きかった。形も歪んでいる。人の頭ではないようだ。いや、そうではなくて、人が二人重なっているのだ……。

「うわっ、お紺ちゃんの、う、後ろに……」

銀太は正座を崩し、足を前へと持っていった。そのまま尻を擦るようにして後ずさりする。しかし、すぐに背中が戸について、それ以上は下がれなくなった。

影の顔がぶわっと大きくなった。近づいてきたのである。

銀太は勘違いに気づいた。今までお紺だとばかり思っていたのが幽霊だった。お紺の方が後ろ側に立っていたのだ。

「ちょっと、あたしの後ろには何もないわよ」

幽霊が見えないお紺の、がっかりしたような声が聞こえてくる。多分、背後をきょろきょろと見回して、幽霊を探しているのだろう。

「いや、ごめん、お化けは今……」

おいらの目の前にいる、という声は出せなかった。これまで以上に凄(すさ)まじい臭いが鼻に飛び込んできたからだった。思わず吐きそうになるのを堪(こら)え、慌てて鼻をつまんだ。

銀太の顔のすぐ前、わずか一尺ほどのところに幽霊の顔がある。戸口の隙間から漏れる光がちょうど当たっているのでよく見えた。

年は四十くらい、ひょろりとした顔をした、顎にほくろがある男だった。忠次や留吉、新七から何度も聞かされているので間違いない。儀助である。

ただ、三人から聞いていたのとは違う点があった。その表情だ。三人が見た儀助は、次に殺されるかもしれない人の名を告げるためだからだと思うが、何かを訴えるような感じの表情をしていたという。しかし今、銀太の目の前にいる儀助は、とても穏やかな顔つきだった。目尻が下がっており、口元も少し緩んでいる。優しげに微笑んでいるのだ。

どういうことだろう、と銀太が思った時、儀助の口が動いた。その声が銀太の耳へと届く。

「……清八」

えっ、と思わず銀太は聞き返した。儀助は答えず、にこりと大きく笑って銀太の肩を二度、ぽんぽんと叩いた。そして銀太の方を向いたまま、すうっ、と後ろへ遠ざかった。

儀助の幽霊は、一気に箱が積まれている蔵の奥まで下がっていった。そこでまたにこりと笑い、箱の一つを指さした。それから、闇に溶けるようにゆっくりと消えた。

後には、呆然と闇を見つめ続けている銀太と、まだ幽霊の姿を探し続けているお紺の二人が残された。

「ちょっと、お化けはどこよ」

「もう消えちゃったよ」

「何よ、あたしも見たかったのに……」

残念だわ、とお紺は肩を落とした。強がっているのではなく、心底からそう思っているようだった。

「……まあ、仕方がないわね。いつも通りだわ。それで、やっぱり出てきたのは儀助さんだったの？」

銀太は頷いた。

「そうだけど……、でもなんか聞いていたのとは違うんだよね。優しい感じの人だったよ」

「ふうん。でも、それが本来の儀助さんらしいけどね。それで、何か言ったかしら。また誰かの名前を告げたとか」

「うん……清八って聞こえた」

「へえ……」

お紺は辺りを見回し、転がっている箱の一つに目を留めた。膝くらいの高さの木箱だ。お紺はそれがしっかりとしているか手で何度か押して確かめ、それから上に腰を下ろした。そして膝の上に両肘を乗せ、両手の上に顎を乗せて頬杖を突いた。

そのまま考え込むようにしばらくお紺は黙っていたが、やがてまた口を開いた。

「ねえ、銀太ちゃん……さっきあたしは、死ぬのは銀太ちゃんだけだって言ったけど、そのわけを教えてあげましょうか」

「うん、教えてよ。気になっていたんだ」

「実はね、昨日、儀助さんが出てきた時、忠次ちゃんはその声をちゃんと聞いていたのよ。だけどあの場で言うことはできなかった。なぜならそれは……儀助さんが告げたのがあなたの名前だったからよ」

「ええっ」

銀太は驚いて、口をあんぐりと開けた。

「そう、そういう風になるだろうから誰も教えなかったのよ」

「……おいらの名前だったたって……つまりそれは、おいらが次に……」

そういうことよ、とお紺は頷く。

「……おいらが次に……、お千加さんの縁談相手になるってことか」

「違うわよっ。なに呑気なこと言ってるのよ」

「冗談だよ。つまり、おいらが次に死ぬことになるかもしれないってことでしょう」

「余裕があるわね。ちょっと見直したわ」

そう言いながらも、お紺は悔しそうな顔をした。銀太が思ったほど怖がっていないからだろう。まったく意地が悪い。

「だってさ、おかしいじゃないか。おいらが死ぬより先に、また儀助さんのお化けが出てきたんだよ。これまでだったら、その時にはおいらは死体になっているはずじゃないの。それなのにおいらは生きていて、儀助さんは違う人の名を告げた。これはどういうこと?」

「そう、それよ。そのことをさっきから考えていたんだけど……」

お紺は首を傾げて、ううん、と唸った。

「……二つほど思い付いたわ。まず一つ目は、あの清八があたしたちを殺すために戻ってきて、銀太ちゃんと相討ちになるってことね」

「ええ……、それは嫌だな」

「二つ目は、何らかのわけがあって、銀太ちゃんが死ななくても済むようになったってこと」

「ああ、そっちの方がいいなあ」

それに、二つ目の方なら儀助の幽霊の表情が穏やかだった説明もつく。銀太に向かって、お前はもう大丈夫だよと安心させようとしたのだ。

「うん、そっちにしよう」

「あんたが決めることじゃないわよ。あたしの名前が告げられたわけじゃないから、どっちになろうとあたしは構わないわ。一つの目の方が面白いけど」

「そんな……」

相変わらず酷いことを言う。銀太は顔を顰めた。このお紺に比べれば、幽霊とはいえ儀助の方がよっぽどましだ。優しそうな人だったし……。

そう考えた時、最後に儀助が妙な動きを見せたことを思い出した。銀太は立ち上がり、箱が積まれている蔵の奥へと動く。

「銀太ちゃん、いきなりどうしたのよ」

「儀助さんのお化けが消える前に、この辺りの箱を指さしていたんだよ」

「ちょっと、まさか死体が出てくるんじゃないでしょうね」

それはあり得る。銀太という名の別人が殺されていて、ばらばらに刻まれた死体が箱の中に隠されているということが……。

　銀太は、箱に伸ばそうとしていた手を止めた。しかし、あの時の儀助の顔を思い浮かべて再び手を動かし始めた。そんなはずはない。何か別のものが入っている気がする。

　儀助が指さしていたのは、お紺が座っているのと同じくらいの大きさの木箱だった。恐る恐る蓋を開け、銀太はその中を覗き込んだ。

「何が入ってるのよ？」

　お紺が訊いてきた。

「ええと……、紙入れと煙草入れ。それから、刃に血の付いた、抜身の短刀……」

「ははあ、なるほど」

　死体じゃないと分かったからか、お紺が近づいてきて銀太を押しのけた。

「紙入れと煙草入れは、きっと兼蔵さんのものね。ふん、やっぱりあの清八は駄目な男だわ。物取りに見せかけるために抜き取ったのなら、川かどこかへ捨てるべきなのよ。証拠になっちゃうじゃないの。それなのに持ってきてここに隠したのは……多分、売って銭にするためでしょうね。高そうな煙草入れだから。ああ、本当に碌でもない男ね。みみっちい男ほど駄目なものはないわ」

「ううん、でも、捨てるのももったいないよ。お紺ちゃんなら平気だろうけど」

「なに言ってるのよ。あたしだったら捨てずに、もっとばれないようなところへ隠すわよ」

「へ？　でも、みみっちいって……」

「あたしは女だからいいの。いい、銀太ちゃん、よく覚えておきなさい。たとえ同じことをしても、女がすると倹約で、男だと吝嗇(けち)って言われるのよ。世の中はそういうものなの。もっと大きくなったら分かるわ」

「ええ……」

大人になると、色々と面倒臭いんだな……。

銀太は、ずっと子供のままでいたいと思った。

「……血の付いた刃物もあるけど、きっとこれで兼蔵さんを刺したんでしょうね。それも残されているってことは、ううん……」

お紺は首を傾げて少し考え、それからにっこりと笑った。

「……やっぱり、銀太ちゃんと清八がここで刺し違えて、二人とも死ぬってことじゃないかしらね」

「おいら嫌だよ、そんなの」

「仕方ないでしょう。あの男が戻ってきたら、銀太ちゃんがそれで戦ってね。女のあたしは震えながら見てるから。しかし、それにしても遅いわね。清八のやつ、何やってるのかしら。そろそろ戻ってきてくれないと、暑くて嫌になるわ。ちょっとでも涼しくなるように……そうね、この間ちょっと小耳にはさんだ、おっかない怪談を聞かせてあげるわ」

「は?」

銀太は自分の耳を疑った。いきなり何を言い出すのだ。もしかしたらもうすぐ自分が死ぬ羽目になるかもしれないという場面で、なぜ怪談を聞かなければならないのか。

「ほら、銀太ちゃんも知っているでしょう、子供に怖い話をするのが大好きな、版木彫り職人の磯六(いそろく)さん。あの人がこの間、うちの質屋に来たのよ。その時に聞いたんだけど……」

お紺が喜々として話し始めた。銀太は、今にも清八が刃物を持ってやってくるんじゃないかと気が気じゃない状況の中で、お紺の語る怪談に耳を傾けることになった。

四

自分としたことが、まったく間抜けなしくじりをしたものだな、と清八は舌打ちした。

兼蔵を刺した時に使った刃物を蔵の中に残してきてしまったことだ。紙入れや煙草入れと一緒に一時(いっとき)だけここに隠しただけで、今日は別のもっと見つからないような場所に移すつもりだった。あれも先に運び出しておくのだった、と思いながら、蔵の外に積み上げた箱を恨めし気に眺めた。

──お紺と、銀太とかいう子供を殺さなければならないからな。

自分がお千加の婿になれるまで、縁談の相手を殺し続けるつもりでいた。子供の死体が二つ加わるくらいなんのことはない。

だが、そのためにはやはり刃物が必要だ。相手が一人だけだったら首を絞めてもいいのだが、二人だとそうはいかない。その間に片方が逃げてしまう。どこかで太い棒切れでも見つけて襲いかかるという手もあるが、確実に仕留められるか分からない。

その点、刃物なら心配はない。素早く、そして間違いなく相手を殺せる自信がある。何しろ自分はもう三人も刺し殺していて、手慣れているからだ。昨日殺した兼蔵などは、ほとんど抗うこともなく、あっさりと死んでくれた。刃物さえあれば、蔵の中にいる子供たちもあっという間にあの世へ送ってやれる。

――その刃物を、どこで手に入れようか。

清八は頭を捻った。近くの荒物屋で買うなんてことはできない。そこから足がつくことも考えられるからだ。それならどこかそこら辺の家に忍び込んで、包丁か何かを盗むか。いや、これだって見つからないとは限らない。

いったん新しい方の丸亀屋に戻って、刃物を取ってこようか。ちょっと面倒だが、これが一番だろう。旦那様や彦作さんに捕まって用事を言いつけられる、なんてことがあるかもしれないが、自分が働いている店でうろうろしていても怪しまれることはない。

――こっちの台所に包丁の一本でも残っていればよかったんだけどな。

この元の方の丸亀屋はもう中がすっかり空っぽになっていることは分かっている。清八は、恨めしげに目を店の裏口へと向けた。

――おや？

清八は眉を顰めた。裏口の戸がわずかに開いている。今日は蔵にしか入っていないから、そこはぴったりと閉まっているはずなのだ。

多分この俺が中にいるかもしれないと思って、あの子供たちのうちのどちらかが開けたのだろう。きっとそうだ。しかし、もしかしたら別の子が潜んでいるのかもしれない。かくれんぼの時は、銀太の他に三人の男の子がいた。そいつらが一緒に来たということも考えられる。確かめた方がいい。

清八は足音を忍ばせて裏口へと近づいた。まず、戸の外から中の気配を窺う。物音は聞こえてこなかった。次にわずかに開いた戸の隙間へと顔を寄せ、そっと中を覗き込んだ。

人の姿は見えなかったが、代わりに見慣れないものが目に飛び込んできた。縄だ。上がり框のちょうど上の辺りに渡してある梁(はり)から、一本の縄がぶら下がっていた。しかも、垂れ下がったその先が輪になっている。まるで首を吊るために下げたかのようだ。

――なんだ、これは?

清八は戸を開けた。風が吹き込んで縄が揺れる。その下にも何かが置かれていることに気づいた。

刀だった。脇差(わきざし)もある。両刀が並べられているのだ。

「どういうことだ……?」

清八は思わず呟いた。まさか返事があるとは思っていない。ただの独り言だ。だが、そのまさかの答えが返ってきた。

「これから俺の言う二つのうちから、お前自身が選べということだ」

清八は慌てて振り返った。いつの間にか、清八のすぐ後ろに一人の男が立っていた。思わずはっと息を呑む。まったく気づかなかった。

見たことのある男だった。人の顔を覚えるのが得意な清八はすぐに思い出す。子供たちがここでかくれんぼをした日に会っている。あの子たちの手習の師匠だ。

「ええと、あなたは確か耕研堂の……」

「古宮蓮十郎だ。よく覚えていたな」

蓮十郎はにこりと笑った。手に、そこら辺で拾ったらしき棒切れを持っている。

「そうそう古宮先生でした。今日は、いったいどのようなご用件で……」

「別に畏まった物言いをしなくていいぞ。お前が子供たちを蔵に閉じ込めたのを見ていたし、話も聞いていた。儀助、乙次郎、兼蔵の三人を殺したことも分かっているんだからな」

清八は後ずさりし、戸口から中へ入った。どうするべきか迷っていた。逃げるか、それとも戦うか。

相手は武家であるが、尾羽打ち枯らしたような痩せ浪人だ。あまり強そうな男には見えない。逃げるくらいなら戦った方がいいだろう。だが、得物はどうするか。

あっ、と思いながら清八は振り返った。恐らく蓮十郎のものであろう、刀と脇差が目に留まる。なぜ蓮十郎がそんな所に置いたのかは分からないが、これで戦えばいい。

「ふむ、まだ選ぶべき二つの事柄を告げていないのに、もう心を決めてしまったようだな」

背後から蓮十郎の声がかかる。清八は上がり框のすぐそばまで下がってから、そちらへと目を戻した。さっきと同じように、蓮十郎はにこにこと笑いながら立っている。

「まあ、一応は告げておくぞ。すべてが露見してしまった今、お前が取るべき道は二つある。一つ目はそこの縄で首を吊ることだ。うまく縄がかかれば、長くは苦しまずにあの世へ行けるそうだ。まあ、試したことがないから本当のところは分からんが」

「……二つ目は？」

「多分お前が考えていることだよ。そこの刃物を使って俺を殺すことだ。子供たちの始末はその後だな。三人分の死体を隠すのは大変だろうが、死を選びたくないなら、やってみるだけの値打ちはある。ご覧の通り俺の方は、この棒切れしか持っていないしね」

清八は上がり框に目を落とした。刀と脇差があるが、短刀を使い慣れているから、脇差の方がいいだろう。だが、馬鹿正直に使っていいものか……。

「ああ、何も細工はしていないぜ。それどころか、ちゃんと目釘を確かめてからそこに置いた。安心して手に取ってくれ」

ふうん、と唸ってから、清八は脇差を取った。すぐに鞘から抜いて刀身を検める。蓮十郎の言うように、何も細工はなされていないようだ。

顔を蓮十郎へと向ける。こちらの考えを読む勘の良さが不気味だ。見かけによらず強いやつなのかもしれない。

だが、棒切れ相手に臆する必要はない、と思いながら清八は脇差をぐっと握りしめた。向こうは何度も俺を叩かなくては駄目だろうが、こちらはただ一撃を当てればいいのだ。

力が入るように脇を締めて構え、切っ先を蓮十郎へと向ける。清八はそのままゆっくりとした足取りで裏口を潜り、表へ出た。

蓮十郎は動かない。手に持った棒をだらりと下げたまま、にこにこと清八を見ている。

じりじりとにじり寄り、わずか一間ほどにまで近づいた。そこで清八は、すっと目を動かして子供たちを閉じ込めている蔵の方を見た。あれ、というように、かすかに眉を動かす。つられたように蓮十郎もそちらへと目を向けた。

清八は地を蹴った。引っかかりやがった、とほくそ笑みながら、蓮十郎に向かって刃物を突き出す。

清八の感覚では、蓮十郎の胸に脇差を突き立てたはずだった。すぐ近くまで切っ先が胸に迫るのを確かに見た。だが、脇差は空を切った。本当にぎりぎりのところで、蓮十郎がすっと半身になって刃先をかわしたのだ。

そのままの勢いで清八は蓮十郎の横を走り抜けようとした。だが、突然足に痛みが走った。二、三歩進んだところで立ち止まる。

すれ違いざまに蓮十郎が棒切れを振ったらしい。足を見下ろすと、脛に打たれた跡があった。

「ふうん、さすがに一度当てたくらいじゃ倒れないか」

蓮十郎の呟きが聞こえた。当たり前じゃないか、とむっとしながら清八は振り返り、脇差を構え直した。確かに脛を叩かれるのは痛いが、大の男がそれくらいで倒れるわけがない。

作戦を変え、今度はがむしゃらに脇差を振り回した。やはり蓮十郎は見かけによらず達人らしかった。本当にわずかなところで刃先をかわしていく。余裕があるのを見せつけているのか、まるでこちらを馬鹿にしているような動きだった。

だが、それが命取りになるはずだ。たいしていいものを食っていなそうな男だから、そのうちに疲れて動きが鈍くなるに決まっている。このままいけば、いつかは当たる。そう考えながら清八は刃物を振り続けた。

そして、ついにその機会が訪れた。清八が脇差を振り上げた時、明らかに蓮十郎が半歩ほど、それまでより近くにいたのだ。

そこから下がっても間に合うはずがない。勝った、と思いながら刃物を振り下ろした。ところが蓮十郎は後ろへと下がらなかった。前へと、つまり清八の方へと進んできた。そうして、静かに清八の横を通りすぎた。

また足に痛みが走った。さっきより激しい痛みだった。空を切った刃物の勢いもあり、清八は地面に転がってしまった。

「ふむ、二度で倒れたか。さすがに痛そうだな」

蓮十郎が言う。清八は相手を見上げ、ふざけるな、と叫ぼうとした。しかし痛みのせいで声が出なかった。

脛を見ると、さっき打たれた場所に血が滲んでいた。蓮十郎はまったく同じ場所に当てたらしい。

清八は歯を食いしばって立ち上がった。息を整えながら脇差を蓮十郎へと向ける。

「ほう、見上げた根性だ。これはふざけた真似をして悪かったと謝らなきゃならんな。すまなかった。本気で相手をしてやらないと失礼なようだ」

今度は蓮十郎の方から動いた。あっ、と思った時には体の横を通り過ぎていて、また脛の、まったく同じ場所に痛みが走った。

清八はがっくりと膝を落とした。痛みで唾が飲み込めず、よだれが垂れる。足を見ると、打たれている部分がぷっくりと腫れていた。

「まだだ。続けるぞ」

耳元で蓮十郎の声がした。すぐ後ろにいるのだ。清八は振り向きざまに脇差を振るった。

手応えはなかった。たった今そこにいたはずの蓮十郎は、一間ほど離れた先に立っていた。動きが速すぎる。

蓮十郎はそこからずかずかと大股で近づいてきた。慌てて脇差を構える。しかしそれより速く蓮十郎の手が動いた。脛の、まったく同じ場所をまた打たれた。

清八は体を屈めた。あまりにも痛すぎて吐き気が込み上げてくる。

その時、再び蓮十郎の手が動くのが目の端に見えた。清八は握っていた脇差を離し、両手で脛を庇った。

だが、今度の動きはそこを狙ったものではなかった。蓮十郎は持っている棒切れの先で、清八のみぞおちを、どん、と突いた。

うぐっ、と喉が鳴った。我慢できずに清八は、胃の中のものをその場に吐き戻してしまった。

「うん、そうだよな。あまりにも痛いと吐いちゃうんだよ。だが、それで少しはすっきりしてまた力が出せるだろう。さあ、続きを始めようか」

　蓮十郎の声が聞こえた。だが清八には、もう戦う気力がなかった。

「あんた……俺をなぶり殺しにするつもりかい」

　声を振り絞って訊ねた。そうだ、という答えが返ってくるものだと思っていたが、蓮十郎の言葉は違った。

「いや、さっき告げた二つの中に、首を吊るというのはあっても、俺に殺されるというのはなかっただろう。大の男なら、てめえの始末はてめえでつけろってことだ」

「……もし嫌だと言ったら？」

「お前の脛のその場所を、何十回でも何百回でも打ってやるよ。もしかしたら、そのうち何も感じなくなるかもしれないが、そうしたらもう片方の足を狙う。痛みでのたうち回り、もう死んだ方がましだと思うようになるまで続けるさ。多分、途中で気を失うこともあると思うが、その時は水をかけて起こしてやるから心配するな」

　清八は吐いたものやよだれで汚れた口元を袖で拭った。恐ろしいやつが世の中にはいるものだと感心していた。自分が殺しを重ねてきたのは、丸亀屋の財産と、美人で評判のお千加を手に入れるためである。しかしこの男は、相手を痛めつけることそのものを楽しんでいるのだ。俺よりはるかに碌でもない人間だ、と清八は思った。

「……だが、それでももし、俺が嫌だと言い続けたらどうするんだい」

「うむ……、その時は諦めて帰るよ」

この返答は意外だった。訝しげな顔で清八は蓮十郎を見上げる。相変わらず笑みを浮かべたままで蓮十郎は言葉を続けた。

「だからと言って終わりになるわけじゃないぞ。そうなったら別の者が現れて、この役目を引き継いでくれるはずだ。お前はまったく気づいていないだろうが、実はこっそりと俺たちのことを眺めている男がいるんだよ。そいつはお前が子供たちと話している時からずっと潜んでいた。あの二人を蔵に閉じ込めようとした時、その男はいつでも飛び出せるように身構えていたんだ。懐に匕首（あいくち）を呑んでいるようだったな。だから、もし銀太の首を絞めるのがもう少し長く続いていたら、お前はあいつに刺されていただろう。果たしてどこを刺していたか、それだけは少し見たかったな。まあとにかく、そんな男にあとを任せて俺は帰る。後悔するなよ。そいつは俺より恐ろしい男だぜ。何しろ二つ名が『ちんこ切の竜』だからな。凄いだろう。さあ、そいつが出てくる前に続きを始めるか」

　言葉を終えた瞬間、蓮十郎はまた清八の脛を打った。ううっ、と呻き声を清八は上げる。この男に勝つのは無理だ。もし逃げ出せたとしても、こう足を痛めつけられては、遠くまで行かないうちに役人に捕まる。三人も殺しているからには、死罪は免れまい。

　いずれにしろ、自分はもうおしまいだ。それなら、さっさと死んだ方がましかもしれないな、と心の隅で思い始めていた。

五

弥之助は手下の「煙草売りの仁」と共に丸亀屋の元の店を訪れた。鍬や筵を載せた大八車を引いてきたので、その見張りのために仁は残し、弥之助は一人で横の木戸から敷地の中へと入った。

庭の方へ回ると、蓮十郎が手にした鍵らしきものを振り回しながら立っていた。

「遅かったな。こっちはとっくに始末がついていたぞ」

「はあ、そいつは申しわけありません」

弥之助は近づきながら、素早く辺りに目を配った。向こうの蔵の陰で人影が動いた。あれは恐らく「ちんこ切の竜」だろう。しかし、それ以外に人の姿は見えない。

「ええと先生、二つほどお訊ねしますが、まず銀太はどこでしょうか。先に帰らせたんですか」

「いや、蔵の中にいる。お紺も一緒だ」

蓮十郎はそう言って、持っていた鍵を弥之助に手渡した。

「へえ、閉じ込められましたか。確か、春の時もそんな目に遭っていたような……それで、清八の死体はどこです」

「店の裏口を入ってすぐのところにぶら下がっているよ」

「ああ、うまくいったんですね。ほっとしました。しかも首を吊らすとは、先生も考えましたねえ……いえね、もしかしたら清八が自分から死ぬのを嫌がって、仕方なく先生なり竜なりが斬り殺すこともあるんじゃないかと、そう思って念のために大八車を持ってきたんですよ」

その時は筵をかぶせて運び、どこか人目につかない場所に埋めるつもりでいたのだ。

「あんなやつのために危ない橋を渡るつもりはないよ。意地でも死にたい気分にさせるつもりだった」

「そのようですねぇ」

弥之助は周りの地面を見て顔を顰めた。多分、清八のものだろうが、吐き散らかした跡があちこちにある。そうとう痛めつけられたのだろう。そりゃ死にたくもなるよ、と思った。

「これで、丸亀屋は潰されずに済むわけだな」

蓮十郎が裏口の方へ目を向けながら言った。弥之助もそちらを見たが、戸は閉められていた。これから子供たちを蔵から出すので、見えないように配慮したのだろう。

「丸亀屋から殺しの下手人を出したわけじゃありませんからね。あの戸口の向こうにいるのは、あくまで自ら首を吊った男です。まあ、奉公人が自害したわけだから色々と面倒事はありますが、店が取り潰しになることはありません」

「と言うと、やはり奉行所から調べに来るのか。清八の死体を」

「そりゃ、首吊りに見せかけた殺しの場合もありますから、お役人が見に来ますが……まさか、先生が無理やり縄をかけて吊るしたとか。それだと、見る人が見ると分かってしまいますよ。首についた縄の跡で」

「いや、そうではないが、体の傷を調べられるとまずいかな、と思ってな。念のために、脛の一ヵ所だけしか打たなかったが」

「それならいくらでも誤魔化しようがあります。蹴躓いて脛を打ち、地面をのたうち回っているところを見たとか、その後で足を引きずっていたようだとか、そういうことを誰かに言わせればいい」

もしその役目が必要になったら、それはお紺に任せようと弥之助は思った。うまく口裏を合わせてくれるに違いない。あれはそういう娘だ。

「耕研堂では多分まだ大家さんの説教が続いているだろう。子供たちが可哀想だから俺は早々に帰るとするが……、ところでだな、弥之助。今回の件の始末の付け方は、本当にこれでよかったのかな」

蓮十郎が首を傾げた。どこかすっきりしていないような表情だ。

弥之助も同じ気分だった。あの清八は三人も殺した男だから、捕まれば当然打ち首になる。そんな馬鹿野郎のために丸亀屋が潰れてお千加が不幸に陥るのは可哀想だから、密かに死んでもらった。それも殺したわけじゃない。少々無理やりではあるが、清八は間違いなく自分で首をくくったのだ。

決して悪くない結末だと思う。だが、それでも釈然としないのは……。

「まず清八のやつが心から悔いて死んだわけではないことが引っかかります。しかしそれは仕方のないことです。諦めるしかありません。他に気になるのは、やはり清八に殺された者たちのことでしょうか。儀助はともかくとして、果たして他の二人がこれで浮かばれるのか。乙次郎と兼蔵はまったく気の毒だったと思います。黙っておくことも考えましたが、今回の始末の件は丸亀屋の店主の市左衛門さんの耳に入れておく方がよさそうですね。供養をしっかりするとか、二人の店へ今以上に目をかけるようにするとか、そういうことを頼んでおきますよ」

「うむ、そうだな」

蓮十郎はそう言って、後ろを振り向いた。弥之助もそちらへ目を向けると、「ちんこ切の竜」が遠慮がちに近づいてくるところだった。珍しいこともあるものだと驚く。この男は必要がなければ、自ら人前に出てくることはないのだ。

「おっ、姿をじっくり見るのは初めてだが、思ったより若いな。まだ二十五、六といったところか。顔がやけに青白いのはちょっと気になるが、まあまあの男前じゃないか」

「はあ、恐れ入ります。それより古宮先生、念のために伝えておきたいことが……、確かに私は『ちんこ切の竜』とは呼ばれておりますが、それはあくまで煙草屋の仕事としての『賃粉切』であって、その……男の大事な部分をですね……」

「分かってるよ。清八に向かってああ言ったのは、あくまでも脅しのためだ。まさかそれを言いにわざわざ出てきたのか」

「はあ、まあ……」

竜は首を竦めるような感じでひょこりと会釈すると、また蔵の陰へと戻っていった。

「……よほど嫌なのかな」その背中を見ながら弥之助は呟いた。「別の呼び方を考えてやった方がいいかもしれないな」

「いや、そのままでいいんじゃないか。面白いから」

蓮十郎が答える。それから、それじゃ、と手を挙げて木戸の方へと歩き出した。その姿が見えなくなるまで見送り、それから弥之助は蔵へと向かった。色々とすることはあるが、まずは子供たちを助け出さねばならない。

蓮十郎から受け取った鍵を使って錠を外した。閂も外し、蔵の戸を大きく開け放つ。

弥之助の目に入ってきたのは、顔を強張らせて刃物を握っている銀太と、その様子を後ろで呑気な顔をして眺めているお紺の姿だった。

「……あらやだ、親分さんだわ。銀太ちゃん、刺さなくていいわよ」

先に弥之助だと気づいたお紺が、銀太へと声をかけた。銀太は、はあ、と大きく息を吐き出して、手に持っていた刃物を下に落とした。

子供たちが出られるようにと、弥之助は体を脇にどけた。すると、まずお紺が軽い足取りで外に出てきて、大きく伸びをした。

「ああ、やっぱり表の方が気持ちいいわね。蔵の中は思ったほど暑くはなかったけど、風が通らないから息苦しかったわ」

続けて銀太が、やけに重い足取りで出てきた。ふらふらとしながら二、三間ほど進み、そこでぐったりと座り込む。

「どうした、銀太。怪我でもしたか。それとも気分が悪いのか」

心配になった弥之助は訊ねた。銀太はぶるぶると首を振り、弥之助の方を向いた。目に涙を浮かべている。

「そうじゃないよ。あの清八さんが戻ってきたらどうしようと、気が気じゃなかったんだ。儀助さんがおいらの名を告げたってお紺ちゃんに聞いたから」

弥之助はお紺を睨んだ。銀太の気持ちを慮ってみんな黙っていたのに、喋ってしまったらしい。そもそも、そういう配慮を最初にしたのはお紺だったはずだ。

「まあ、成り行きってものがあるのよ」

お紺はそう言うと、とぼけるような感じで空を見上げ、いい天気ね、と呟いた。

「……それだけじゃないよ」銀太が言葉を続ける。「蔵の中でお紺ちゃんが、怖い話を始めたんだ。怪談だよ。幽霊話だよ。おいら、その前に儀助さんの幽霊を見たっていうのに」

「またか……」

確か春に幽霊に遭った時も、銀太は閉じ込められた物置部屋の中で遭い、その後でお紺から怖い話を聞かされていた。

「まあ、二度目だからいいんじゃないか。ちょっとは慣れただろう」

「今回は儀助さんがおいらの名を告げたってのもあって、きっと清八さんが殺しに来るに違いないと思っていたから、前よりよっぽど怖かったよ。そんな時に幽霊話をするなんて、お紺ちゃんは鬼だ。儀助さんの幽霊の方がよっぽど優しそうだったよ」

銀太はその場に大の字に寝転んだ。そして、ああ、お化けに遭うよりはるかに恐ろしい目に遭った、と呟いた。

それから半月ほど経った頃、あまりにもぼろぼろになってもう無理だ、となった耕研堂に大工が入ることになった。

当然、子供たちはその間、別の建物で手習をすることになった。半月前まではなかなかその場所が見つからなかったのだが、今回はあっさりと、二階で手習をしている女の子たちも含めて全員が移れる建物が出てきた。

それは、新しい方の丸亀屋だった。わざわざそのために、丸亀屋はいったん元の方の店へと移ることにしたのだ。そうするように、店主の市左衛門の方から申し出たらしい。

もちろんこれは、裏でこっそりと事件を始末してくれた蓮十郎への、市左衛門からの礼である。ただ、そのことを知っているのは蓮十郎と弥之助、市左衛門、そしてお紺だけだ。ちょっと考えれば銀太にも分かりそうなものだが、なぜか他の子供たちと一緒になって「不思議だ、不思議だ」と言っている。

銀太より頭の働きが良い新七もそうだ。むろん忠次と留吉も、である。今回の件は、もう四人が一通り「見る」「聞く」「嗅ぐ」を済ませてしまったので、子供たちの間ではもう過ぎたことになっているのかもしれない。

呑気なもんだ、と呆れる一方で、やっぱりあいつらは素晴らしいな、と感心しながら、弥之助はまだ真新しい建物の中で手習をする子供たちを眺めた。明かりを採るために開けられる戸はすべて開け放たれているので、通りから丸見えなのだ。

「……おや、なんだね。お前も子供たちを眺めに来たのかね」

声をかけられたので弥之助が顔を向けると、吉兵衛がやって来るところだった。

「ええ、やっぱり子供はいいもんですねぇ。見ていると力が湧いてくるような気がします。大家さんもそのつもりで来たんでしょう」

「あ？　なに呑気なことを言っているんだよ。儂はね、子供たちが壁や床に落書きをしないよう見張りに来たんだ。ここを使うのはせいぜい十日ほどだからね。それで建物が汚くなってしまったら、丸亀屋さんに申しわけないだろう。それにここは通りから見えるから大変だよ。大騒ぎをしているところを他所の大人に見られたら、耕研堂の評判が悪くなる」

そう言いながら、吉兵衛は丸亀屋の中を見回している。

折あしく留吉が、少しだけ乱暴に筆を動かしてしまった。すぐに吉兵衛の怒声が響く。

「こらっ、留吉。そんな風にしたら墨が飛ぶだろう。動きを小さくしなさいっ」

今度は蓮十郎に呼ばれた忠次が、小走りに師匠の席の方へと向かっていった。

「こらっ、忠次。何度言ったら分かるんだ。そこは外じゃないんだよ。建物の中で走るんじゃないっ」

丸亀屋で手習をしている間は、これが毎日続くのか、と子供たちを気の毒に思いながら、弥之助はふっと通りを見た。こちらへと向かって歩いてきていた行商人が、吉兵衛の怒鳴り声に驚いた顔をして、くるりと踵を返して来た道を戻っていった。

「もしかして、耕研堂の評判を落としているのは、大家さんじゃ……」

弥之助は思わず呟いた。小さい声だったので年寄りの耳には届かないだろうと思ったが、吉兵衛は見事に聞きとがめた。

「おい弥之助、何やらぶつぶつと文句を言っているようだが……」

「あ、いいえ、大家さんの説教は子供たちのことを考えてのことですから。それに文句を言うなんて、とんでもないことで……」

「もちろんその通りだ。しかし、念のために言っておくが、儂が考えているのは子供たちのことだけじゃないよ。たとえば、お前のことだ」

「へ、私でございますか」

「そうだ。どうも近頃、お前は少し羽振りが良くなっているような気がするんだよ。正直に言いなさい。どこかから袖の下を貰っているのだろう」

「え……いいえ、そんなことは決して」

もちろん貰っている。そもそも岡っ引きというのはそれで暮らしているようなものだからだ。特に今は丸亀屋さんが色々と気を遣ってくれているので、懐が暖かい。

しかし岡っ引きのことを快く思っていない上に、曲がったことも大嫌いな吉兵衛には、当然そんなことは言えない。だから、今回の件の始末の仕方については、吉兵衛の耳には入れていないのだ。

「そもそも儀助さんや乙次郎さん、兼蔵さんが殺された件がまだ終わっておらず、清八さんまでが首をくるなんてことがあったのに、どうしてお前はこんなところでのんびりしているんだね」

「はあ、ああ、いや……」

——実はもう終わったのですが……言えません。

「弥之助、何か儂に隠していることがあるんじゃないのかね」

「そんな、滅相もない」

「嘘を吐きなさいっ。儂は子供の頃からお前のことを見ているんだ。嘘を吐いた時にどういう顔をするか、よく知っているんだよ。あれはお前がまだ八つの時だった。儂が夕方、長屋の厠に入ろうとすると……」

まずい。まさかこんな通りの真ん中で、三十半ばのこの俺が、大家さんから説教を受ける羽目になるとは……。

丸亀屋の方を見ると、子供たちが窓に鈴なりになってこちらを眺めていた。色々と事情を知っているはずの蓮十郎まで、その後ろに立って笑っている。

弥之助は、ちっ、と舌打ちした。それがまた吉兵衛に聞きとがめられる。

「こらっ、弥之助。ちゃんと聞いているのかね。まったくお前は昔からそうだった。あれはお前が……」

それから四半時ばかり吉兵衛はくどくどと説教をし続けた。その間、弥之助は、誰でもいいから助けてください、と心の中で叫び続けた。

主な参考文献

『近世風俗志（守貞謾稿）㈠〜㈤』　喜田川守貞著　宇佐美英機校訂／岩波文庫
『目明しと囚人・浪人と俠客の話　鳶魚江戸文庫14』　三田村鳶魚著　朝倉治彦編／中公文庫
『江戸「捕物帳」の世界』　山本博文監修／祥伝社新書
『図説　江戸の学び』　市川寛明、石山秀和著／河出書房新社
『寺子屋の「なるほど!!」』　江戸教育事情研究会著／ヤマハミュージックメディア
『嘉永・慶応　江戸切絵図』　人文社

本作は書き下ろしです。

輪渡颯介（わたり・そうすけ）

1972年、東京都生まれ。明治大学卒業。『掘割で笑う女　浪人左門あやかし指南』で第38回メフィスト賞を受賞し、講談社ノベルスよりデビュー。怪談と絡めた時代ミステリーを独特のユーモアを交えて描く。浪人左門シリーズとして、『百物語』『無縁塚』『狐憑きの娘』があり、好評の『古道具屋　皆塵堂』シリーズに続いて『溝猫長屋 祠之怪』シリーズがスタート。他の著書に『ばけたま長屋』がある。

優しき悪霊　溝猫長屋 祠之怪

第一刷発行　二〇一七年五月十日

著者　輪渡颯介
発行者　鈴木　哲
発行所　株式会社講談社
東京都文京区音羽二・十二・二十一
郵便番号　一一二・八〇〇一
電話　出版　〇三・五三九五・三五〇六
販売　〇三・五三九五・五八一七
業務　〇三・五三九五・三六一五

本文データ制作　講談社デジタル製作
印刷所　凸版印刷株式会社
製本所　大口製本印刷株式会社

定価はカバーに表示してあります。

ISBN978-4-06-220568-9
N.D.C.913 220p 20cm